어쩌다 보니 사중인격

일러두기

· 본 도서는 국립국어원 표기 규정 및 외래어 표기 규정을 사용하였습니다.
  다만 일부 입말로 굳어진 경우에는 저자의 표기를 따랐습니다.

· 도서명은 『　』로, 방송 프로그램명, 곡명은 <　>으로 표기하였습니다.

...인성에 문제는 없습니다만

어쩌다 보니 사중인격

손수현 지음

지콜론북

스스로를 속이지 말자고 결심한 순간,
조금씩 마음에 들기 시작했다.
내게 주어진 모든 역할과 내 삶이.

카
피

6
년

차

미운 정, 고운 정 다 들어버린
치열한 광고업계에 대하여

아
내
3
년
차

나를 철부지 어린애로 만들어버린
신혼생활에 대하여

둘째 33년 차

한 동네에 살면서 차곡차곡 쌓아온
오랜 풍경에 대하여

집사 7년차

고양이 없는 길로만 다니던 사람이
고양이 없인 못 사는 사람이 되기까지

이 책은 틈만 나면 내게 겁을 주는 남편으로부터 시작되었다. 내가 가족들을 대할 때와 이십 년 지기 친구를 대할 때, 낯선 사람을 대할 때, 남편은 각 상황을 묵묵히 지켜보다가 의미심장한 표정으로 말한다.

"네 모든 실체를 알고 있는 건 나뿐일 거야."

나는 그 말에 반박할 수 없다. 그의 말처럼 내겐 실체가 따로 있다고 해도 할 말이 없을 만큼 다중적인 면이 많으니까. 아니란 걸 보여주고 싶어 일관된 모습으로 살아보려 애쓴 적도 있지만 일주일도 가지 못했다. 이런 사람이었다가 저런 사람이 되는 게 뭐 어떠냐고, 어떻게 늘 똑같은 모습으로만 살 수 있느냐고 꾹꾹 눌러두었던 불만만 터져 나올 뿐이었다.

그쯤 되니 궁금했다. 누구를 만나든 일관된 표정, 행동, 말투를 유지할 수 있는 사람은 얼마나 될까. 단점이라곤 없어 보이는 저 사람도 집에 가면 완전히 다른 사람이 되는지, 미운 구석밖에 없는 저 사람도 누군가에겐 귀여운 사람일지 궁금했다. 사실 멀리서 찾을 것 없이 나만 해도 그렇다. 오늘 하루만 살펴보더라도 내가 어떤 사람인지 나조차도 설명하기 어렵다. 아침엔 피곤하다며 투정 부리는 내가 있고, 점심엔 전문가인 척하는 내가 있으며, 해가 저물 무렵엔 시답잖은 농담을 주고받는 내가 있다. 하루에도 몇 번씩 악한 얼굴, 강한 얼굴, 착한 얼굴을 썼다가 벗었다.

그러다 문득, 누군가의 딸이자 누군가의 친구, 누군가의 아내로 살고 있는 나를 있는 그대로 들여다보기로 했다. 누군가는 솔직해서 좋다던, 또 누군가는 소심해서 답답하다던 그때그때의 나를 하나씩 구분해봤다. 일관된 모습이 아니어도 괜찮고 때로는 바보 같은 모습이어도 좋지만, 적어도 스스로를 속이며 살지 말자고 결심한 순간, 조금씩 마음에 들기 시작했다. 내게 주어진 모든 역할과 내 삶이.

이 책은 생각하기 좋아하는 카피라이터, 손 많이 가는 아내와 겁 많고 걱정 많은 둘째 딸, 그리고 고양이의 비위를 잘 맞추는 집사의 이야기다. 모두 한 사람의 이야기가 맞다.

손수현

카
피 6 년
차

미운 정, 고운 정 다 들어버린
치열한 광고업계에 대하여

광고업계에 발을 들인 첫날, 가장 먼저 배운 것은 '집요하게 기록하는 것'이었다. 아이디어란 게 언제 어디서 어떻게 떠오를지 모르는 만큼 금방 휘발돼버리는 성질이 있기 때문에 처음부터 버릇을 잘 들여야한다는 것이다. 내 아이디어뿐 아니라, 회의 자리에서 나온 모든 의견을 세세히 기록해두는 일, 이 또한 카피라이터의 중요한 역할이었다.

흔히 업계에서 가장 쓸모없다고 말하는 카피라이터 인턴도 광고회사 일 년이면 제법 광고인 흉내를 냈다. 6년이면 성격까지 달라졌다. '부지런'이란 형용사보다 '게으른'이란 형용사가 잘 어울리던 내가 매일 조금씩 변해갔다. 데드라인이 정해져 있는 일을 하다 보니 느긋했던 성격에 가속도가 붙고, 여러 의견을 귀 기울여 듣다 보니 기억력마저 무섭게 향상됐다. 나를 초등학교 때부터 봐온 친구들은 경악할지도 모른다. 제시간에 출근한다는 것만으로도 박수를 보낼 것이다. '기분'에 좌지우지되는 스타일인 내가 완전히 다른 얼굴로 살고 있으니.

그러고 보면 밥벌이의 힘은 실로 엄청나다. 때로는 그 힘에 감사한다. 평소의 나와 일할 때의 나는 완전히 달랐으면 하니까. 밥벌이 정도나 되니까 가능한 일이다. 좋아하는 일이 아니고서야 불가능한 일이다.

일을 몰고 다니는 자

지금 다니는 회사로 이직한 지 1년이 지났다. 팀 막내로 오게 되었지만 이직 경험만큼은 내가 선배에 속한다. 근무한 지 1년이 넘어갈 때쯤이면 나는 어딘가에서 면접을 보고 있었다. 좋은 건 너무 좋고 싫은 건 또 너무 싫은 내 성격이 매년 또렷하게 드러났다. 회사에 대한 불만이 일정 기간 버텨도 달라질 기미가 보이지 않으면 조용히 노트북을 들고 다니며 새 이력서를 준비했다. 다 같은 광고 회사가 맞는지 의심이 들 정도로 각기 다른 분위기의 세 회사를 거쳤고, 지금 있는 회사에서 1년 넘게 정착 중이다. 거쳐간 회사 중에서는 1분만 지각을 해도 사유서를 써야 하는 곳도 있었고, 12시간씩 죽음의 등산을 해야 하는 곳도 있었다. 심지어 올 한 해도 잘 풀리게 해달라며 산 정상에

서 제사를 지내는 곳도 있었다. 그땐 뭣도 모르는 핏덩이 신입
이라 하라면 해야 하는 건가 보다 했다. 이상하다고 느끼는 내
가 이상한 거라고 나 자신을 설득했다. 어렵게 들어간 첫 회사
에선 냄새도 잘 못 맡는 도가니탕을 억지로 욱여넣었고 글라스
한 잔에 꽉 찬 소주를 망설임 없이 들이키기도 했다. 어떤 일이
주어지든 착실히 해내야 좋은 신입이라고 믿었다.

머지않아 그 믿음은 산산이 조각났다. 지금 생각해보면 참 쓸 데없는 것들까지 해냈구나 싶다. 불필요한 야근조차 열정이라 믿게 만든 곳, 일방적인 업무수행 방식으로 의견 하나 내놓지 못하게 만든 곳, 지나고 보면 그 모든 곳이 내 청춘을 야금야금 갉아먹기에 아주 좋은 곳이었다. 그땐 몰랐다. 상식적이고 정상적인 회사에 오고 나서야 알았다. '이런 환경에서도 광고할 수 있구나'를 처음 깨달은 것이다. 매일 달고 살던 두통과 감기가 사라졌다. 주기적으로 시달리던 악몽과 가위 눌림에서 벗어났다. 하지만 생활이 안정될수록 불안한 마음은 커졌다. 지긋지긋한 징크스가 또 얼굴을 내밀까 염려스러워서다. 지난 6년을 돌아보면, 내가 합류하게 된 팀은 무섭게 일이 몰아치는 끔찍한 징크스가 늘 있었다. "우리 팀은 일이 한꺼번에 몰리진 않아"라고 자신 있게 말하던 선배도 요즘 들어 고개를 자주 갸우뚱한다.

오늘 아침엔 전 직장 동료에게서 연락이 왔다. 내가 퇴사하고 나니 거짓말처럼 일이 싹 빠져버렸다고. 정말 대리님 이 일을 다 짊어지고 나갔나 보다고. 사람에게 평생 일할 수 있는 양이

정해져 있다면 나는 30대에 모두 써버리는 건 아닐까 걱정스럽
다. 한편으로는 50대엔 남들보다 여유로운 날들을 보낼 수 있
을 거란 근거 없는 믿음도 생긴다.

혹시 나 같은 사람이 있다면 한번 믿어보시길. 나는 평생 일할
양을 미리 채우고 있을 뿐이라고 말이다.

촬영장 특명

나의 마지막 아이돌은 동방신기다. 반년 넘게 푹 빠져 살았다. 당시 〈미로틱〉이라는 곡으로 가요대상을 몽땅 휩쓴 때였다. 우연히 방청 신청을 했던 음악 프로그램에 당첨돼 실제로 그들의 노래를 듣곤 반년을 더 허우적댔다. 선물을 보내거나 직접 만나러 가는 열성 팬은 아니었지만, 그들이 나오는 프로그램이라면 빠짐없이 챙겨봤다.

그때까지만 해도 아이돌은 나와 비슷한 또래가 많았는데, 취업을 기점으로 그들에 대한 관심을 끊었다. 아이돌을 좋아하기엔 너무 어른이 된 듯한 느낌이 들었다. 관심이 사라지니 그들에 대해 아는 것도 없어졌다. 그룹 이름을 알고 있으면 그나마 다행이었다. 인원이나 멤버 각자의 이름은 매번 헷갈렸다. 내가 한창 아이돌에 빠져 있을 때, 요즘 가수들은 다 똑같이 생겼다던 어느 선배의 말을 내가 그대로 따라 하고 있었다.

그 무렵 빅 모델과 촬영할 일이 부쩍 많아졌다. 동시에 본격적인 암기 생활이 시작됐다. 촬영을 앞두고 팀장님이 신신당부했다. 절대 멤버들의 이름을 헷갈려선 안 된다, 멤버별 캐릭터를 잘 알고 있어야 한다, 각 멤버의 촬영 분량은 반드시 균등해야 한다 등 세부적인 지시 사항이 내려왔다. 첫 촬영은 7명이나 되는 모 인기 그룹이었다. 나는 그 그룹에서 오직 2명의 이름만 알고 있었다. 그마저도 얼굴과 이름의 매칭이 틀린 상태였다. 촬영 날짜가 정해지고 내가 가장 먼저 한 일은 그들이 모두 등장한 사진을 출력해 이름을 매치해보는 것이었다. 머리 스타일도 자주 바뀌는 탓에 인터넷을 통해 현재 모습을 확인하는 작업이 꼭 필요했다. '이 친구가 메인 보컬이구나' '아, 이 친구는 드라마에 나온 적이 있구나.' 혼자 중얼거리며 암기과목 외우듯 공부했다. 열심히 공부하고 나간 촬영장에선 왠지 모르게 뿌듯한 기분이 들었다. 시험공부를 완벽히 마친 학생이 된 것 같았다.

모델 이름 외우기는 여전히 현재 진행 중이다. 광고업계에 있는 한 피할 수 없는 일이다. 그렇게 한 명 한 명 공부하듯 알아가

다 보면 어쩔 수 없는 일이 또 하나 생긴다. 멤버 중 누군가에게 푹 빠져버리게 된다는 것. 과거엔 이름도 모르던 멤버에 대해 나도 모르는 사이 술술 읊는 수준이 된다. 촬영장에서 친절한 모습까지 보게 되면 열성 팬으로 등극하는 건 시간문제다. 그렇게 나는 동방신기에서 멈췄던 팬질을 슬금슬금 이어가고 있다. 이대로라면 업계를 떠날 때까지 쭉 아이돌을 좋아할 수 있을 것도 같다.

이 시대에 가장 핫한 스타들을 모델로 만나게 될 때면
이 업계에 가진 모든 불만이 사르르 녹아내린다.
이 맛에 광고하지 싶다.

미스터리

#1

이직 전엔 여기면 다 될 것 같았는데
이직 후엔 여기만 아니면 될 것 같다.

#2

인턴 때 만난 어느 선배는
절대 광고업계에 오지 말라며 매일 나를 설득했는데
6년이 지난 지금도 그 회사 그 자리에 있다.

#3

회의 3일 전에 떠올린 아이디어보다
회의 3분 전에 떠올린 아이디어가 반응이 더 좋다.
어떻게 살아야 할지 혼란스럽다.

#4

개수 채우려고 가져온 아이디어가,
제발 팔리지 않았으면 하는 아이디어가,
가장 반응이 좋은 건 또 어떻게 받아들여야 하는 걸까.
내 안목을 의심해야 하는 건가?

걸러야 할 회사

입사하고 가장 먼저 한 일은 그동안 작성한 이력서를 날짜별로 분류해두는 것이었다. 파일이 어찌나 많은지 정리하고 또 정리해도 새 파일이 불쑥불쑥 튀어나왔다. 지금 보면 거기서 거기 같은데 나는 새로운 회사에 지원할 때마다 이력서도 매번 업데이트했다. 해당 회사가 만들어온 광고의 톤 앤드 매너, 그 회사가 갖고 있는 광고주를 검토하여 그에 맞춰 포트폴리오를 수정했다. 이곳에선 어떤 사람을 채용하고 싶을까 생각하며 한 줄 한 줄 채웠다. 카피라이터에게 필요한 훈련을 그때

다했다고 봐도 좋을 정도였다. 그만큼 어디서든 빨리 일을 시작하고 싶었다. 그런 나를 본 한 선배는 걱정 어린 조언을 해주었다. 지금은 입사가 가장 큰 목적이겠지만 그래도 가서는 안될 회사가 있다고, 여러 말로 설명할 것 없이 두 가지만 기억하면 된다고 했다.

냉장고에 야식 업체 자석이 붙어 있는 곳
화장실에 샴푸와 타월이 구비되어 있는 곳

그땐 이 두 가지가 얼마나 심각한 상황을 대변하는 건지 몰랐다. 선배의 말에 나는 "에이, 샴푸를 화장실에 갖다 놓는 회사가 어디 있어요"라며 코웃음을 쳤는데, 얼마 지나지 않아 정말 그런 곳에서 면접을 봤다. 회사에 도착해 탕비실을 지나가는 순간, 냉장고 가득 빽빽이 붙은 자석을 보고야 말았다. 치킨, 피자, 도시락, 분식… 종류도 다양했다. 잠시 들른 화장실에선 가지런히 정돈된 샤워용품을 발견했다. 한쪽 수납장엔 여분의 물품까지 완벽히 구비돼 있었다. 두 가지 단서 중 하나라도 발견하면 즉시 도망치라던 선배의 조언이 떠올랐다. 둘 다 해당되면 말할 것도 없었다. 그곳으로부터 합격 통보를 받았지만 고민 끝에 가지 않기로 했다. 제대로 시작해보기도 전에 광고가 싫어질 것 같았다.

6년이 지난 지금, 종종 그 회사에 대한 소식을 듣는다. 그때나

지금이나 명성이 자자하다. 출근은 있어도 퇴근은 없는 회사로.

오타의 늪

카피라이터가 가장 두려워하는 것은 퇴근 후에 걸려오는 업체 또는 회사의 전화다. 사고가 터질 예정이거나, 사고가 터진 상황이거나. 특히 신문이나 잡지에 게재될 파일을 넘긴 날은 더욱 그렇다. 파일을 넘기면 다시 수정하기 어려운 터라 퇴근해도 퇴근한 것 같지 않은 기분이 든다. 몸은 회사를 벗어났지만 걱정스러운 마음이 회사 근처를 밤새 맴돈다. 돌이켜 보니 일이 터진 그 날도 싸한 느낌을 지우기 어려웠다. 무사히 잘 넘겼다고 생각하면서도 묘하게 남아 있는 불안함. 그 찜찜한 직감을 무시하지 말았어야 했다.

"대리님, 지금 어디세요…?"

같은 팀 아트디렉터로부터 전화가 걸려온 건 밤 9시가 막 지났을 무렵이었다. 강남에서 글쓰기 강의를 듣고 나오던 나는 순간 식은땀이 흘렀다. "무슨 일 터졌나요?"라고 묻자 그는 떨리는 목소리로 어렵게 네 글자를 뱉었다.

"오타 사고…."

카피라이터에겐 사형선고나 다름없는 일이었다. 나는 마음을 가다듬고 상황부터 파악했다. 내일 아침에 게재될 신문 광고에 이벤트 경품명이 잘못 기재된 것이다. 한 신문사는 이미 수정이 어렵지만 다행히 다른 신문사는 모두 막았다고 했다. 지금 서 있는 자리에서 당장 사라지고 싶었다. 내 곁을 지나치는 저 이름 모를 여자와 딱 하루만 바꿔 살고 싶었다. 분명 하나하나 짚어가며 확인했는데, 왜 그 한 글자를 놓쳐버린 건지. 최종적으로 출고한 기획자보다, 마지막으로 비주얼 작업을 한 아트디렉터보다 카피라이터의 책임이 가장 컸다. 오타 사고만큼 끔찍한 일은 없다던 선배들 말이 떠올랐다. 밤새 아침이 오지 않길 바랐다.

다음 날 오후까지 내 눈은 퉁퉁 부어 있었다. 입사 이래 처음 겪는 사고라 이게 다 무슨 일인가 싶었다. 그 브랜드와 관련된 모든 사람들이 광고주에게 사과 전화를 돌렸고, 그럴수록 나는 점점 더 위축됐다. 우주의 먼지만큼 작아진 기분이었다. 끝을 알 수 없는 깊은 수렁으로 계속해서 빨려 들어가는 느낌이었다. 그때 나를 꺼내준 건, 연차가 15년 이상 차이 나는 카피라이터 선배였다.

"나도 그랬고, 선배들도 그랬어. 자책하지 마. 이런 일 수습하라고 선배들이 있는 거야."

나는 결국 다시 눈물을 터뜨리고야 말았다. 선배의 따스한 위로에 죄송한 마음과 서러운 마음이 뒤엉키기 시작했고, 그 순간 두 가지를 다짐했다. 직감을 애써 무시하지 말고 한 번 더 살펴볼 것, 훗날 후배에게 이런 말을 건넬 수 있는 선배가 되자는 것이었다. 선배의 선배가 그랬고, 또 선배가 나에게 그랬듯이. 그런 면에서 나는 운이 좋은 것 같다. 그 아찔한 순간을 지나 현재에 다다른 걸 다행으로 여긴다. 누군가는 연차가 더 쌓이

기 전에 지금 경험한 것이 낫다고 말하고, 누군가는 겪지 않
았더라면 더 좋았겠다고 말한다. 하지만 이번 일을 계기로 나
는 작은 인쇄물 하나도 수십, 수백 번씩 확인하는 습관이 생겼
다. 요즘도 출고 파일을 확인할 때마다 강남 학원가 앞에서 전
화 받던 순간이 생각난다. 오타를 낸 그 단어만큼은 평생 잊
을 수 없을 것 같다.

선배에게 들은 최악의 말.
"내가 널 잘 되게 만들 순 없어도 잘 안 되게 만들 순 있어."

선배에게 들은 최고의 말.
"내가 널 잘 되게 만들 순 없어도 잘 견디게 도울 순 있어."

회사 지옥

지옥 같은 회사의 종류엔 크게 네 가지가 있다고 한다.

사장이 아침 8시부터 다들 언제 오나 체크하는 '시간 지옥',
꼴딱 밤을 새운 다음 날에도 꼭 뒤풀이까지 하는 '회식 지옥',
점심 먹을 때쯤 출근해서 세월아 네월아 일하는 '나태 지옥',
자존감을 바닥까지 끌어내리는 '폭언 지옥'.

지금껏 나는 어떤 지옥을 경험했는지 생각해본다.
어떤 지옥이 그나마 낫고 또 어떤 지옥이 가장 끔찍할까.
결국 본인이 있는 지옥이 가장 괴로운 법이지만.

직업병

얼마 전 온 에어 된 모 브랜드의 광고는 준비하는 데만 자그마치 3개월이 걸렸다. 보고서 파일만 해도 무려 20개가 넘고, 가편집한 영상만 50개에 달한다. 평소보다 월등히 많은 양이었다. 파일명은 그때의 내 심정을 고스란히 담고 있다. 1차, 2차, 3차, 그 뒤로 이어지는 최종, 진짜 최종, 제발 최종, FIN, FINFIN, FINFINFIN. 마지막이라는 의미의 단어가 총 출동한다. 그러다 포기하고 싶을 때쯤 거짓말처럼 모든 과정이 끝난다. 그래서 이 일이 버틸 만한 건가 싶다.

프로젝트가 진행되는 동안, 이 세상에 '수정 없는 일'이란 없는 걸까 생각했다. 수정에 수정을 거듭하다 보면 잘하는 게 맞나 싶은 생각에 내가 쓴 카피에 대한 자신감도 줄어든다. 한번 그 생각이 들기 시작하면 어떤 프로젝트에 투입돼도 떨쳐내기 어렵다. 답답한 마음에 오랜 친구(이자 잡지사 에디터인 J)에게 내 심정을 털어놓았는데, 얼마 지나지 않아 좋은 기회가 있다며 연락을 해왔다. 매달 매거진에 글 한 편을 써줄 수 있겠냐는 것이었다. 두어 번 피드백을 주고받겠지만 큰 수정을 요구하는 일은 없을 거라고 했다. 원고 주제를 내가 제안할 수 있다는 부분에서 이미 절반은 승낙한 상태였다. 누가 손대지 않은, 오롯이 내가 지은 글을 싣는 건 참 오랜만이었다.

프로젝트 3~4개가 바쁘게 돌아가는 와중에도 나는 매거진 원고의 마감일을 넘기지 않으려 애썼다. 무리해서라도 쓰고 싶었다. 이 문장은 어떻게 바꾸면 좋을지, 또 어떤 내용을 더 추가하면 좋을지, 본업보다도 열정적으로 고민했다. 아이러니했다. 노력에 대해 대단한 보상을 받는 것도 아닌데, 나는 더 열심히 매달렸다. 그렇게 첫 글을 완성하고 친구에게 원고를 보내는 날, 무의식적으로 이렇게 문자를 보냈다.

"한 번 읽어보고 수정하거나 추가했으면 하는 부분 있으면 얘기해줘."

아뿔싸. 진짜로 싹 갈아엎거나 아예 처음부터 써야 하면 어쩌지? 몇 날 며칠을 머리 싸매고 쓴 글인데. 순식간에 써서 전송한 문자라 되돌릴 틈도 없었다. 파일명도 가관이었다. 날짜와 함께 '1차 원고'라고 적어두었다. 2차, 3차 수정을 염두에 둔 것이었다. 문자를 받은 친구는 나만큼이나 당황한 듯했다.

"파일명이 왜 이래. 어법상 틀린 거 없으면 고칠 일 없을 거야. 너도 참 직업병이다, 직업병."

이틀 뒤, 매거진 편집장님에게서 현재의 글을 그대로 싣겠다는 연락을 받았다. 뿌듯했지만 한편으론 허전했다. 1, 2, 3차까지 이어지던 수정 과정이 없어지니 오히려 불안할 지경이었다. 잘 썼기 때문이라기보다 운이 좋아서 잘 넘어간 게 아닐까 하는 바보 같은 생각까지 들었다. 습관이 이렇게나 무서운 거구나 싶었다.

다음 달이면 9번째 원고가 실린다. 그동안 온 수정 요청은 어법에 맞지 않지 않는 문장을 바로 잡는 정도였다. 누군가의 진심 어린 응원은 원고료보다 더 값지다. 재미있게 읽었다는 말만큼 나를 춤추게 만드는 것도 없다. 자신감이 하늘 높은 줄 모르고

솟아난다. 누구에게나 이런 시간은 꼭 필요한가 보다. 나만 믿고 가는 시간! 수정 없이 한 번에 OK 받는 짜릿함!

오해를 풀어드립니다

팀 막내인 나는 아직 내 의지대로 스케줄을 관리하기 어렵다. 정시 퇴근을 확신했는데 갑자기 예상치 못한 회의가 잡히기도 하고, 야근이구나 생각했는데 보고가 잘 끝났다며 조기 퇴근하기도 한다. 내 추측과 일의 흐름이 맞아떨어지는 경우는 거의 없다. 지루하지 않아서 좋았던 불규칙한 스케줄이 이럴 땐 회사 생활의 가장 힘든 부분이 된다.

근로시간 주 52시간 제도가 생긴 후부터는 상황이 많이 좋아졌지만, 그전까지만 해도 나는 파티 푸퍼 Party Pooper, 흥 깨는 사람, 브로커라는 별명을 가지고 있었다. 두 단어 모두 긍정적인 표현은 아니니 이 별명을 갖게 된 이유를 짐작할 수 있을 것이다. 처음엔 내가 빠지면 약속 자체를 파투 내던 사람들도 이젠 내가 없어도 잘만 논다. 셋이 만나는 모임에서는 자꾸 불참하는 내 덕에 둘이 절친이 되었다. 광고 회사에서 이루어지는 아이디어 회의는 끝날 때까지 끝난 게 아니라 이후 스케줄을 잡는 데 매번 어려움이 따른다. 엉덩이를 딱 붙이고 오랫동안 생각한다고 반드시 좋은 결과물이 나오는 건 아니지만, 광고인 대부분은 회의 직전까지 생각을 멈추지 못한다. 그래서 당장 오늘 저녁의 일도 예상할 수 없고, 희미한 예상조차 자주 빗나간다. 잘 끝날 거라 생각했던 보고가 한순간에 엎어질 때도 많다. 그럴 때는 조용히 회의실을 빠져나가 무거운 마음으로 전화를 건다.

"정말 미안한데, 오늘(도) 못 갈 것 같아. 보고가 잘 끝날 줄 알았는데."

이런 일이 비일비재하니 광고인들조차 광고인과는 친구 하기 싫다는 농담도 한다. 그나마 동종업계 사람들은 상황을 너그러이 이해하는 편이다. 미리 약속을 잡아도 당일에 지켜지지 않을지 모른다는 생각을 늘 갖고 있기 때문이다. 행여나 시간이 미뤄지더라도 회의가 또 길어지나 보다, 보고가 또 엎어졌나 보다 짐작한다. 가령 6명이 만나기로 한 모임에서는 절반만 나와도 성공이라며 좋아한다. 웃어야 할지 울어야 할지 모르겠다.

반면, 다른 업계 지인들의 반응은 조금 다르다. 대체로 업무 스케줄을 예측할 수 있는 그들에게 나는 이해할 수 없는 삶을 사는 사람이다. 퇴근 시간을 알 수 없다는 것 자체가 있을 수 없는 일이니까. 왜 그렇게까지 일하는 거냐고, 스스로 일을 만들어서 하는 건 아니냐는 질문을 받은 적도 있다. 약속을 연달아 어기게 될 때면 모임에서 영구 제명을 당하는 건 아닐까 두려워진다. 끝이 보이지 않는 회의실 상황을 영상통화로 생중계를 할 수도 없고 답답할 노릇이다.

어제도 나는 약속장소에 나가지 못했다. 만나기로 한 저녁 8시부터 한 시간 단위로 나의 상황을 보고했고, 결국 지인들이 집에 돌아가는 시간까지도 나는 회사에 있었다. 그때나 지금이나 '언제 올 수 있어?'라는 물음에 '잘 모르겠어…'라고 대답할 수밖에 없을 때, 다른 건 몰라도 이것 하나만은 꼭 알아줬으면 하는 마음이 생긴다. 매일 퇴근 시간에 맞춰 아이디어가 '짠!' 하고 나오길 가장 바라는 사람은 나라는 것을. 나도 야근이 좋아서 하는 사람은 절대 아니라는 것을. 이렇게라도 이 업계에 대한 오해를 풀고 싶다. 당신과의 약속에 나타나지 않은 광고인도 분명 나와 똑같은 마음일 것이다.

때때로 광고 만드는 일과 사람 좋아하는 일이
크게 다르지 않다는 생각이 든다.
남들은 잘 알지 못하는 예쁜 구석을 발견하는 일,
그렇게 한동안 푹 빠져 지내는 일.
광고 일을 시작하고 많은 것들이 좋아졌고,
많은 일에 감사하게 됐다.

솔직히 털어놓자면

#1

광고 만든다고 하면
앉은 자리에서 뚝딱 아이디어를 내는 줄 알지만
몇 년 전부터 차곡차곡 쟁여놓은 것을 써먹는 경우도
더러 있다. 사실 꽤 많다.

#2

지인들 결혼식에 축사 쓰는 것은 좋아하지만
정작 내 청첩장에 실을 글은 웨딩 업체의 샘플에서 골랐다.
카피라이터의 청첩장이라면 눈에 불을 켜고 읽을까 봐.

#3

광고 회사 다녀서 가장 좋은 점은
청바지에 운동화를 신어도 아무도 뭐라고 안 하는 거다.

#4

아닌 척하고 있지만
난 문예창작학과도 국문학과도 아닌 시각디자인과 출신이다.
글 쓰는 머리와 그림 그리는 머리는 다르다는 말도
지겹게 들어왔다.
그때마다 나는 이렇게 반박한다.
광고하는 사람 중엔 공대생도 꽤 많다고.

#5

직업란에 '카피라이터'라고 쓸 때마다 남몰래 으쓱한다.
내가 봐도 참 있어 보이는 직업 같아서.

연봉 통보

처음으로 연봉 협상한 날을 생생히 기억한다. 먼저 협상을 마친 선배들은 나름의 팁을 던져주었다. 한 해 동안 본인이 이룬 성과를 꼼꼼히 기록해둘 것. 허용 가능한 인상률을 미리 생각해둘 것. 만약을 대비해 강력한 멘트 하나 정도는 준비해둘 것. 그 말들을 곱씹으며 회의실로 향했다. 면접도 이렇게까지 떨리지 않았던 것 같은데, 복도를 지나가는 그 짧은 찰나에도 머릿속에 온갖 생각들이 피어올랐다. 밤새 회의하고 아이디어 내던 순간들이 이렇게까지 뿌듯하고 자랑스러운 날이 있었던가. 이날을 위해 그리 고생했던 거구나 싶었다. 하지만 자리에 앉자마자 날아온 말은 내 머릿속을 새하얗게 만들었다.

"아직 저연차고, 배우는 입장이잖아. 연봉은 별로 안 중요하지?"

그 말을 듣고 연봉 인상률을 논하기란 쉽지 않았다. 그랬다간 광고보다 돈이 더 중요한 사람이 되는 꼴이었다. 상대가 준비한 멘트는 내가 준비한 것보다 훨씬 강력했다. 서류상에 적힌 금액은 허용 가능한 인상률에 조금도 미치지 못했지만, 나는 뭐라고 대답해야 할지 몰랐다. 정신 차리고 보니 이미 내 손은 서류 위에 사인하고 있었다.

나름 금값이라고 불리는 연차가 되었지만 연봉 협상은 여전히 어렵고 껄끄러운 일이다. 때로는 연봉 협상인지 연봉 통보인지 헷갈리기까지 한다. 너무 소극적이어도, 너무 적극적이어도 좀 그런 이 절차에 언제쯤 능숙해질 수 있을까. 인사팀 문 앞에 서서 심호흡하며 그간 고생했던 날들을 떠올려보고, 파이팅을 외쳐준 동료들의 얼굴을 떠올려 봐도 돌아오는 길은 늘 아쉽다. 정말 하고 싶었던 말은 마음속에만 있다. 업계에서 고생하지 않은 사람 없고 그에 마땅한 연봉을 원하지 않는 사람도 없을 텐데, 어떤 말을 듣게 되더라도 침착하게 반박할 수 있는 멘트를 누군가가 알려줬으면 좋겠다. 매일 광고 멘트를 만드는 나도 여전히 풀지 못한 숙제다.

6년 차 직장인의 회의 꿀팁

내 의견을 말하기 전에 꼭 한 번씩 생각해본다.

이 말 한마디로 인해
남들이 하기 싫어하는 모든 일이
전부 내 일이 되더라도
후회하지 않을 자신이 있는가.

그럼 꽤 많은 말을 참을 수 있게 된다.

꼭 해보고 싶던 경쟁 PT에서 승리했을 때의 쾌감,
우리 팀이 만든 광고를 거리 곳곳에서 마주칠 때의 짜릿함.
고작 그 짧은 순간 때문에 몇 날 며칠을 고생하는 내가
가끔은 잘 이해되지 않는다.

금기어

광고 회사, 그중에서도 영상물과 인쇄물을 만드는 제작
팀에 하지 말아야 할 금기어가 있다. 주변에 제작팀 친구가 있
다면 꼭 기억해주시길.

"왜 그런 거 있잖아~"

그런 것 중 99%는 구현할 수 없는 것. 오로지 당신 머릿속에
만 존재하는 것. 말로 표현하기 어려운 건, 만들기도 어렵다.

"합성으로 되는 거지?"

아트디렉터가 가장 소름 끼쳐 하는 말. 이것 역시 99%는 합성
으로 해결되지 않거나, 필요한 예산이 말도 안 되거나.

"한 2~3시간이면 될 거 같은데."

글 쓰고 그림 작업하는 사람들조차 짐작하기 어려운 시간을
먼저 짐작해주는 것만큼 황당한 일도 없다.

"이건 나도 만들겠다."

만들지 그러셨어요.

카피라이터의 기억력

평소 다른 사람이 한 말을 잘 기억하지 못하는 편이다. 대단히 기쁘거나 슬픈 일이 아닌 이상 그 순간이 지나면 기억 속에서 영영 사라져버린다. 그런 내가 카피라이터라는 직업을 갖고 나서는 종종 기억력이 꽤 좋다고 느낀다. 유독 특정한 자리에서 엄청난 능력을 발휘하는데, 바로 우리 팀이 만든 제작물을 보고하는 자리다.

"저 카피 좋네요."

이런 피드백은 기가 막히게 기억한다. 반대일 경우도 마찬가지다. 기억력이 나쁜 나조차 카피에 대한 의견은 빠짐없이 기억한다. 그러면 안 되지만, 긍정적인 반응을 보이거나 작업 환경을 배려해서 코멘트를 주는 사람들의 요청은 더 마음이 쓰인다. 한 번 더 들여다보게 되고, 한 번 더 고민하게 된다. 명백한 편애지만 나도 사람인지라 어쩔 수가 없다.

2년 전, 모 광고주가 나의 카피를 무척 마음에 들어한 적이 있다. 그분이 카피를 요구할 때면 다른 때보다 두 배 정도 많은 양을 제안하기도 했다. 신기하게 카피가 더 잘 써지는 느낌이었다. 아이디어가 샘솟아 금세 정해둔 개수를 훌쩍 넘어버리곤 했다. 정말 그러면 안 되지만, 나도 사람인지라 어쩔 수 없었다는 변명을 해본다.

그러고 보면 카피라이터의 마음을 훔치기란 생각보다 쉬운 일 같다.

권태기 극복법

엉덩이가 가볍다는 말을 자주 듣는다. 그만큼 이직이 잦다는 뜻이다. 매번 꼭 이직해야겠다고 다짐하는 것은 아니지만 근무한 지 1년이 넘어가면 슬슬 다른 회사의 상황이 궁금해진다. 직업인으로서 더 나은 환경을 찾고 싶단 생각 때문인 것 같기도 하다.

그런 기준에서 생각할 때 현재 다니는 회사는 이전과는 조금 다르다. 내가 인생에서 중요하게 여기는 것들이 회사가 추구하는 방향과 상당 부분 일치한다. 특히 '워라밸Work and Life Balance'

에 대한 부분이 그렇다. 사회적 분위기에 편승해 회사에서도 불필요한 야근을 없애기 위해 몇 가지 제도를 만들었다. 그중 뜨거운 반응을 불러일으키는 건 '가족 사랑의 날'과 '해피 프라이데이Happy Friday'다. '가족 사랑의 날'로 지정한 매주 월, 수, 금은 저녁 6시 30분이 되면 모든 PC가 자동으로 종료된다. 매월 셋째 주 금요일엔 해피 프라이데이라는 명목하에 조기 퇴근을 한다. 근무 시간 외엔 회사 밖에서 아이디어를 내는 게 편한 나에겐 꿈 같은 곳을 만난 것과 다름없었다. 세상에, 광고 회사에서 이런 시스템을 갖출 수 있다니 놀라웠다.

그래서일까. 근무한 지 1년이 넘어가자 나는 권태기를 극복할 방법을 스스로 찾게 되었다. 그리고 최근, 효과 좋은 방법을 하나 더 찾았다. 바로 과거에 다녔던 회사 근처에 가보는 것이다. 얼마 전, 우연히 옛 회사를 지나칠 일이 있었다. 익숙한 회사 간판을 보자 급격히 피로가 밀려왔고, 밤새 택시를 기다리던 거리를 보자 머리가 아파졌다. 기필코 이 회사를 나가고야 말겠다고 다짐했던 몇몇 일도 떠올랐다. 그때 깨달았다. 그 시절과 비교하면 지금은 말도 안 되게 행복한 거라고. 그 끔찍했던 시간을 잊었다니, 정신이 번쩍 들었다.

새로웠던 것들이 어느새 일상이 되어 지루하게 느껴질 때, 지옥 같던 전 회사만큼 경각심을 주는 것도 없다. 퇴근길에 일부러 찾아가도 좋고 우연히 마주치는 것으로도 충분하다. 간단히 끼니를 때우던 편의점이나 듣기 싫은 농담을 던지던 상사와 자주 갔던 카페도 들러보자. 늦은 시간에도 불이 켜져 있는 회사 건물까지 보면 금상첨화다. 지금의 삶이 미치도록 소중해진다.

아이디어 저장소

집에서 5분 거리에 있는 안락한 카페.
붐비지 않는 지하철의 끝자리.
어느 시간대에 가도 여유로운 영화관.
온갖 장르의 책이 꽂혀 있는 만화 책방.
365일 고양이가 누워 있는 거실의 책상.

그중 제일은
머릿수만큼 아이디어를 얻을 수 있는
광고인들과의 술자리.

레퍼런스 콜

　　팀에 새로운 인력을 찾을 때마다 뼈저리게 깨닫는 사실
이 있다. 평소에 착하게, 평소에 베풀며 살아야 한다는 걸. 이
력서 한 장이면 이 사람이 어디서 처음 광고를 시작했고 어떤
성격의 사람이며 또 어떻게 아이디어를 내는지 알아내는 데 반
나절도 걸리지 않는다. 전화 한 통이면 그 사람의 과거를 몽땅
알 수 있다는 뜻이다. 나만 해도 그랬다. 이직을 위해 모 회사
에 서류를 넣고 하루도 지나지 않아 지인으로부터 문자가 날
아왔다.

"너 ○○ 회사에 이력서 넣었다며? 그 팀에서 연락 왔어."

병원에 간다는 핑계로 점심시간에 면접을 보고 온 날도 그랬다. 오며 가며 인사만 나눈 매체 팀 팀장님이 슬쩍 내 자리로 다가왔다.

"오늘 ○○ 회사 면접 봤지? 얘기 잘해놨다. 가기 전에 밥 한 번 사라."

아니, 내 레퍼런스 콜이 어쩌다가 저분에게? 절친한 사이이거나 딱히 부딪힌 일이 없던 인물들이라 망정이지, 내게 좋지 않은 감정을 가진 사람에게 연락이 갔더라면 어떻게 됐을까. 지원했던 회사에 합격하고 나면 그 순간이 더 아찔하게 느껴진다. 레퍼런스 체크가 당최 어디서 어떻게 이루어지고 있는지 당사자는 알 길이 없으니, 그동안의 삶이 나쁘지 않았다고 생각하는 수밖에 없다.

하지만 그것으로도 안심이 되지 않을 때는 이렇게 생각한다. 누군가의 말 한 마디로 나를 떨어뜨릴 회사라면 애초에 가지 않는 편이 나을 수도 있다고. 때로는 이렇게 생각하는 편이 정신 건강에 좋다.

카더라 통신

신입 시절, 얼굴 한 번 본 적 없는 전설적인 선배에 대한 이야기를 들은 적이 있다. 프리젠테이션의 신이라고 소문난 그는 맡는 건마다 승승장구였다고 한다. 그러던 어느 날, 소문난 악성 광고주와 맞닥뜨리게 되었다. 재미, 감동, 여운 전부 다 넣어달라는 요구가 끝도 없이 이어졌다. 원하는 걸 모두 넣었다간 죽도 밥도 안 될 지경에 놓이게 되자, 선배는 회의실에 놓여 있던 귤 네다섯 개를 집어 들었다. 그러곤 광고주를 향해 차례차례 던지기 시작했다. 무방비 상태로 있던 광고주가 잡아낸 귤은 겨우 한 개에 불과했다. 갑작스러운 그의 행동에 광고주가 버럭 화를 내려 하자, 선배는 이렇게 말했다고 한다.

"한 번에 여러 개의 귤이 날아오니 받기 어려우셨죠. 광고도 마찬가지입니다. 짧은 시간에 너무 많은 메시지를 던지면 소비자들도 받아들이기 어렵습니다."

그야말로 전설 같은 멘트였다. 나중에야 알게 된 사실이지만, 저마다 전해 들은 내용은 약간의 차이가 있었다. 귤을 던진 게 아니라 지우개를 던졌다더라, 그 자리에 그렇게 많은 양의 지우개가 준비돼 있었을 리 없다, 지어낸 이야기 아니냐 등등 소소한 논쟁이 오갔지만, 사실인지 아닌지는 그다지 중요하지 않았다. 연차 어린 내 눈엔 그 에피소드가 너무 멋져 보였기 때문이다. 귤을 던졌든 지우개를 던졌든 광고주의 마음을 뺏었을 테니. 이야기가 과장이어도 상관없다. 적어도 내 마음만큼은 확실히 뺏었다.

광고란 게 기본적으로 상대방을 설득해야 하는 일인 만큼 드라마 같은 에피소드가 적지 않게 전해 내려온다. 그 이야기를 가만히 듣고 있다 보면 언젠가는 사이다 같은 에피소드 안에 내 이름도 슬쩍 넣고 싶어진다. 이왕이면 와전되고 와전돼서 본래보다 더 근사하게.

길

나는 왜 이 길에 서 있나.

이게 정말 나의 길인가.

이 길의 끝에서 내 꿈은 이뤄질까.

god의 <길> 중에서

18년 전, 처음 이 노래를 들었을 때는 이렇게까지 심오하지 않았는데 요즘 이 가사를 자꾸만 곱씹어보게 된다. 50대는 찾아보기 어려운 이 수명 짧은 업계에서 나는 어떤 노후를 맞이하게 될지 막막하다. 당장 10년 뒤 모습조차 머릿속에 그려지지 않는다. 처음 대학에 입학했을 때, 내가 광고 회사에 다니게 될 줄 꿈에도 몰랐던 것처럼.

광고가 지겹다며 다른 업계로 떠난 선배가 2년 만에 돌아왔다. 새 직업이 미래를 보장해 줄지는 몰라도 광고보다 지루하다는 게 가장 큰 이유였다. 내가 지금 뭘 하고 있나 싶은 생각이 자꾸 들어서 결국 돌아오기로 마음먹었다고 했다. 다행히 다니던 광고 회사는 그를 너그러이 받아주었다. 동료 대부분은 정시 퇴근할 수 있는 회사를 버리고 제 발로 지옥 불에 다시 들어왔다고 했지만, 그들이야말로 떠날 마음조차 먹지 않는 장기 근속자들이다. 그런 사람들이 스스로가 있는 곳을 지옥 불이라고 칭하는 것 자체가 아이러니지만, 적어도 의문을 품는 일은 없어 보였다. 〈길〉 노래 속 가사처럼 '나는 왜 이 길에 서 있나' 하는 그런 의문 말이다.

어쩌면 업계를 떠나야 하는 순간은 나이를 지긋이 먹었을 때나, 일이 지루해졌을 때가 아닐 수도 있다. 이 길에 내가 왜 서 있는지조차 생각나지 않는 순간. 그때야말로 정말 떠나야 할 때인지도 모르겠다.

청개구리

광고 회사에 취업한 지 얼마 지나지 않아 허리 디스크 판정을 받았다. 2주가량 제대로 앉아 있지도 서 있지도 못했다. 아이디어를 낼 시간은 촉박한데 몸과 머리는 점점 더 제 기능을 하지 못했다. 어쩌다 겨우 시간 내서 친구들을 만나면 바빠 죽겠다는 불만만 쏟아냈다. 누구 하나 나를 억지로 그 자리에 앉혀놓은 것도 아닌데 나는 회사에 갇힌 사람처럼 투덜댔다. 그해 연말정산 서류에 적힌 병원비는 300만 원에 달했다.

그로부터 얼마 지나지 않아 지금 회사로 이직했다. 일이 몰릴 때는 야근을 피할 수 없지만 전처럼 연이어 밤을 새우는 일은 현저히 적었다. 허리 디스크로 고생했던 때에 비하면 말할 것도 없이 행복한 환경인데 나는 일이 없어 불안하다는 말을 달고 살았다. 열심히 살고 있지 않은 것 같다는 둥 배부른 소리를 해댔다.

이쯤되니 늘 만족스럽지 못한 이유가 100% 회사 탓만은 아니란 걸 깨달았다. 바빠도 불만, 바쁘지 않아도 불안한 내 마음의 문제였다. 허리 아픈 줄도 모르고 일한 것도, 주어진 휴식을 제대로 즐기지 못한 것도 나였다. 선택은 내 몫이지 다른 사람의 몫이 아니었다. 상황에 따라 변하는 내가 단번에 중심을 잡을 리는 없겠지만, 적어도 한 가지는 확실히 하기로 했다. 회사의 분위기나 업무량에 따라 태도가 달라지는 일 따위는 없게 하기로.

'기분이 태도가 되어서는 안 된다'는 말이 있다. 매일 다니던 회사가 싫어지고 매일 보던 업무가 지겨워질 때면, 잠자코 나를 먼저 돌아본다. 원인은 분명 내 안에도 있다.

말은 쉽지

다른 누군가가 가져온 아이디어를 보며 나도 모르게
'나도 저거 갖고 오려다 말았는데'라고 생각할 때가 있다.
아이디어 상품 판매대를 구경하며 나도 모르게
'나도 이거 생각한 적 있는데'라고 중얼거릴 때가 있다.

그 아이디어를 살리기보단 죽이기로 결정한 것도
그 아이디어를 생각만 하고 만들지 않은 것도
나라는 사실을 잊고 자꾸 그런다.

아이디어를 내는 것보다 실행으로 옮기는 일이
훨씬 더 어렵다는 것을 잘 알면서 자꾸 이런다.

위치의 중요성

첫 회사는 그야말로 광야의 허허벌판에 있었다. 나름대로 사옥이라서 5층 전체를 자유롭게 썼지만, 주변에 있는 것이라곤 짜×게티를 기가 막히게 끓이는 분식집과 점심에만 백반을 파는 자그마한 호프집이 전부였다. 그 흔한 카페조차 도보로 15분 거리에 있었다. 철저히 외부와 고립된 채, 일만 하기에는 최적의 조건이었다. 사장님이 그걸 노리고 그 위치에 건물을 세웠는지도 모르겠다.

두 번째 회사는 서대문 경찰청 바로 맞은편에 있었다. 강북 유명 맛집을 섭렵하기에 꽤 좋은 위치였다. 퇴근 후엔 광화문이며 을지로며 맛있는 곳이라면 어디든 찾아다녔다. 첫 회사에서 이직을 준비할 때까지만 해도 가까운 거리에 카페 하나만 있었으면, 하고 바랐는데 그것마저 완벽하게 충족했다. 근방 100미터 안에 카페가 5곳이나 있었다. 거대한 프랜차이즈 카페는 물론, 아기자기한 개인 카페까지 밸런스도 좋았다. 덕분에 하루에 적게는 3잔, 많게는 5잔이 넘는 커피를 마셨다. 그때를 기점으로 아무리 카페인을 위장에 부어도 잠 잘 자는 체질로 변한 것 같다.

현재 다니는 회사는 면접 볼 때부터 마음에 쏙 들었다. 서울역 근처의 회사인데 내가 입사한 시기에 때마침 '서울로 7017'이 완공됐다. 점심시간이 되면 서울로를 따라 여유롭게 산책하는 사람들로 가득했다. 맛있는 음식점들도 즐비했다. 그때까지만 해도 위치가 좋은 회사란, 맛집이나 카페가 많아야 한다는 것 정도였지만 얼마 지나지 않아 서울역이 새로운 로망을 안겨주었다. 공항 철도가 있어 여행객들이 자주 오가는데, 그들의 설레는 표정을 마주할 때마다 '조만간 꼭 여행을 떠나리라' 마음 먹게 되는 것이다. 드르륵거리는 경쾌한 캐리어 바퀴 소리만 들어도 그렇게 떠나고 싶을 수가 없다.

덕분에 이 회사에 온 후 엄마와의 두 번째 여행도, 절친한 친구와의 첫 여행도 다짐할 수 있었다. 예전엔 트렌디한 거리에 있는 회사가 부러웠는데, 요즘은 이런 곳이 제일이다 싶다. 출퇴근할 때마다 여행가를 꿈꾸게 되었으니. 이제 돈 잘 버는 일만 남았다.

언제부턴가 여유가 생기더라도 잘 쉬지 못한다.
아무것도 하지 않고 잠자코 있을 때마다
원인 모를 죄책감이 밀려온다.

주관식 인생

　　인생을 통틀어 수학을 좋아한 적은 단 한 번도 없다. 엄마 말에 따르면 나는 수학 문제만 앞에 두면 얼굴이 새빨개졌다고 한다. 이유인즉슨, 답을 찾다 화병이 날 지경에 이른다는 것. 고등학교에 가면서부턴 자연스럽게 '수포자' 대열에 합류했다. 다행히 지원한 학과 모두 수리 영역보다는 언어, 외국어, 사회탐구 영역을 보는 비중이 높았다. 사는 데 지장 없으니 이 정도면 됐다 싶었다.

내가 광고계로 흘러들어온 건 우연이 아닌 것 같다. 수학이 싫었던 이유를 조금 근사하게 포장하자면, 주관식 마저 답이 하나뿐이라는 사실 때문이었다. 수업을 선택해서 들을 수 있는 대학생 때부터 나의 기준은 더 뚜렷해졌다. 자유롭게 답을 낼 수 있는 과목인가, 내가 원하는 방식으로 답을 찾아도 되는 과목인가 하는 것이 가장 중요했다. 그렇게 찾은 밥벌이가 광고였다.

광고에는 정답이 없다. 반드시 옳은 답도 없고 틀린 답도 없다. 아이디어를 파는 방식도 천차만별이다. 사진 한 장으로 그 자리에 있는 모든 이를 설득해버리는 사람이 있는가 하면, 그림 한 장 없이 오직 문장만으로 마음을 빼앗는 사람도 있다. 열 명이 같은 문제를 받아도 서로 다른 열 가지의 답이 나온다. 그 답을 나눠야 하는 아이디어 회의는 심장 소리가 밖으로 쿵쿵 들릴 정도로 긴장되는 자리지만 그만큼 무척이나 흥미롭다. 이 자리에서 공유하는 모든 이야기가 답이 될 수 있으니까.

하지만 이따금 하나의 답을 맞혀야 하는 순간도 존재한다. 그럴 때면 이 일에 뛰어든 과거의 나를 혼내주고 싶어진다. 수학처럼 그 답이 뭔지 알 수만 있다면 이렇게 밤새 고민하는 일도 없을 테고, 각자 내세우는 부분을 모아 억지로 맞춰가며 하나의 광고를 완성해야 하는 일도 없을 테니 말이다. 그래서 업계를 아예 떠나는 사람들이 생기는지도 모른다. 광고 일을 사랑하지만 그렇기에 이별을 결심하게 되는 아이러니한 상황이 벌어진다.

요즘도 종종 어느 한 사람 혹은 소수의 사람이 이미 정해둔 답을 맞혀야 일이 끝나는 경우가 있다. 그럴 땐, 마음속으로 간절히 바라는 수밖에 없다. 부디 그 답이 우리가 생각하는 답과 일치하기를.

어쩌다 보니

"어쩌다 글을 쓰게 되셨어요?"

대학생을 대상으로 열린 강연에서 받은 질문이다. 대부분 카피라이터를 꿈꾸는 학생들이었다. 강의를 준비하면서 한 번쯤 예상했던 질문인데 이상하게도 나는 곧바로 대답하지 못했다. 광고인으로서 내심 뻔한 대답을 들려주고 싶지 않아서였는지도 모르겠다. 처음 글을 쓰게 된 계기를 구체적으로 떠올려보았다. 스물여섯 살의 시절로, 스무 살 시절로, 고등학교 시절로 시간을 거슬러 올라갔다. 그러다 어느 한 장면에 다다랐다. 초등학교 6학년, 압구정 로데오로 나들이를 하러 간 날이었다.

아끼는 옷을 꺼내 입고 평소 하지 않던 귀걸이도 했다. 친구들과 함께 거리를 걷는 동안 나는 그곳의 풍경을 전부 기억해둘 기세로 샅샅이 훑어보고 있었다. 문득 한 곳에 시선이 머물렀다. 카피라이터를 모집한다는 현수막이었다. 카피라이터가 어떤 일을 하는 직업인지 몰라 옆에 있던 친구에게 물어본 기억이 난다. 그런 일이 있고 얼마 지나지 않아 좋아하던 담임선생님이 『마음을 열어주는 101가지 이야기』라는 책을 추천해주셨고 모든 시리즈를 찾아 읽었다. 페이지가 닳도록 읽어 아직까지도 책 속의 문장이 기억난다. 그리고 나는 한두 편 글을 쓰기 시작했다. 그제야 모든 퍼즐이 맞아떨어지는 느낌이었다.

"그러게요. 어쩌다 보니."

다시 생각해도 참 멋없는 문장이지만 나는 이 말을 시작으로 지금까지의 모든 과정을 솔직하게 털어놓았다. '어쩌다 보니'만큼 내 상황을 잘 설명해줄 말을 찾지 못했다. 어쩌다 보니 찾아온 것들이 생각보다 내 인생에 지대한 영향을 끼친다는 걸 알았기 때문이다. 어쩌다 보니 책을 읽게 됐고 어쩌다 보니 글이 쓰고 싶어졌으며 어쩌다 보니 사회에서 처음으로 '글'로 인해

칭찬을 듣게 됐다. 그렇게 어쩌다 보니 글쓰기를 세상에서 가장 잘하고 싶은 일로 삼게 됐다. 별거 아닌 '어쩌다 보니'가 삶에 스며들어 나를 이 자리까지 데려온 것이다.

운명을 믿는 편은 아니지만 운명이 있다면 바로 이런 순간을 말하는 게 아닐까 느껴본 적은 있다. 내겐 카피라이터 현수막을 마주한 날이 그랬다.

덕후 기질

광고 회사의 풍경은 일반 회사와는 많이 다른 것 같다. 양쪽 귀에 이어폰을 끼고 있어도, 영상이나 웹툰을 보고 있어도 누구 하나 뭐라 하지 않는다. 또, 자기 자리 한쪽에 만화책이나 피규어가 가득 쌓여 있어도 누구 하나 놀라지 않는다. 특히 제작팀에 있는 아트디렉터나 카피라이터에겐 저마다 푹 빠져 있는 무언가가 존재한다. 특정 분야에 있어 전문가에 가까운 사람들도 많다. 그런 이들 사이에 있다 보면 나는 지극히 평

범한 사람이란 생각이 든다. 오랜 세월 진득하게 좋아해 온 것
도, 오랜 시간 공부해 온 것도 없다.

그런 내가 다른 업계의 친구들을 만나면 특이하다는 말을 종
종 듣는다. 언제 봐도 삼시 세끼에 최선을 다하기 때문이란다.
끼니는 부정하지만 맥주만큼은 그냥 마시는 법이 없다는 것을
나도 인정한다. 특이한 맥주를 찾거나 특이한 장소에서 마셔야
만족한다. 광고 일이란 게 그래서일까. '적당히'가 없는 것도 같
다. 줄을 서서라도 먹고 싶은 음식은 먹어야 하고 예약을 해서
라도 먹고 싶은 장소에서 먹어야 한다. 이런 성향은 사무실 책
상만 봐서는 추측할 수 있는 부분이 아니라 다행이다. 그랬다
면 성능 좋은 거대한 냉장고부터 들여놨을 테니까.

올여름엔 야경을 보며 맥주 마시기에 좋은 곳을 섭렵해 볼 생
각이다. 술은 지인들과 시끌벅적한 분위기에서 마시는 편인데
기회가 되면 혼술도 해보고 싶다. 이쯤 되니 퇴근하고 마시는
맥주 한 잔이 좋아서 일하는 건 아닌가 싶다.

귀신보다 섬뜩한 이야기

내겐 이력서에 적을 수 없는 회사가 하나 있다. 아주 잠깐 몸담았던 그 회사는 야근 많기로 소문난 곳이었다. 텅 빈 사무실을 홀로 빠져나오는 일도 종종 있었다. 온종일 앉아만 있던 몸을 풀어줄 겸, 평소엔 구경하지 못한 사무실 내부도 둘러볼 겸 어슬렁어슬렁 걷기도 했다. 어둠이 내린 창밖을 보고 있으면 괜히 뿌듯한 마음도 들었다. 야근마저 멋있어 보이는 나이였다.

그날은 나를 포함한 서너 명만이 야근하던 날이었다. 텀블러에 물을 담으러 가던 길, 저만치 홀로 앉아 일을 하는 여자분이 보였다. 무표정하게 타자만 두드리고 있었다. 나는 일이 꽤 많은가 보다 생각하고 지나쳤다. 자리로 돌아오는 길에도 여자는 표정 변화 없이 모니터만 바라보고 있었다.

얼마 지나지 않아 그날 봤던 여자에 대해 팀원들에게 얘기하다가 나는 소스라치게 놀라고 말았다. 내가 봤던 그 자리엔 여자 팀원이 없다는 게 아닌가. 나는 온몸에 소름이 쫙 끼쳤다. 야근하다 귀신 봤다는 소문은 들었어도 내가 그 당사자가 될 줄은 몰랐는데. 그때 옆에 있던 동료의 한 마디가 모두를 경악하게 만들었다.

"죽어서도 아이디어 내는 것 아니야…?"

그 순간 귀신보다 더 무서운 순간을 상상해버렸다. 한 부서에서 요청한 수정사항을 반영하면 또 다른 부서의 수정사항이 날아들고 그래서 전체를 다 바꿔 환골탈태하는 수준에 다다르면, '아니야. 처음으로 돌아가자!'는 피드백을 받는 무한 루프. 죽어서도 최종, 진짜 최종, 제발 최종의 쓴맛을 봐야 한다니. 그야말로 등골이 오싹해졌다. 우리는 복 나가는 소리 하지 말자며 손사래 치는 와중에도 합의점을 찾아냈다. 만약 사후 세계에서도 무한정 아이디어를 내야 한다면 ASAP^As Soon As Possible를 요구하는 프로젝트만큼은 우리를 비껴가게 해달라고.

사수 복

업계에 있는 또래 친구들을 만날 때면 각자의 팀 이야기가 빠지지 않고 등장한다. 요즘 담당하는 브랜드는 무엇인지, 팀 분위기는 어떤지, 마음이 잘 맞는 사람은 있는지, 비슷한 연차일수록 이야기의 밀도가 높아진다.

지금은 사수 없이 일하지만 이전에는 늘 사수가 있었다. 야무진 분부터 다정한 분, 한결같이 무뚝뚝한 분까지. 회사를 그만두고 싶을 만큼 괴롭히거나 인간적으로 험악하게 대한 사람은 다행히 한 명도 없었다. 어느 술자리에선가 내 사수 이야기를 들은 친구가 이렇게 말했다. 너 사수 복 하난 제대로 타고 난 것 같다고.

첫 사수는 그야말로 '글쓰기의 정석'을 보여준 사람이었다. 한 줄을 써오든 백 줄을 써오든 빨간 펜을 들고 꼼꼼히 체크했다. 문장 구조, 문장 위치, 문장 길이까지 하나도 그냥 넘어가는 법이 없었다. 나는 매번 공포에 떨어야 했지만 효과는 무척 좋았다. 문장을 고치고 다듬는 데 도사가 되었다. 지금도 글을 쓰다 보면 어디선가 그녀의 목소리가 들리는 듯하다. "꼭 필요한 문장 맞아? 이 자리에 있어야 하는 거 맞아?"라던 똑 부러지는 목소리가.

두 번째 사수가 없었다면 나는 다른 업계로 진작 떠났을 것이다. 출근길에 '오늘은 사표 내야지' 하고 매일 다짐하던 시절이었다. 그만큼 악조건에서 일하던 때였다. 그때 카피라이터라는 직업에 대해 진지하게 조언해준 사람이 두 번째 사수였다. 겉모습만 보면 콧수염 난 거친 캐릭터인데 알고 보니 누구보다도 다정한 분이었다. 내가 광고업계를 떠나려고 하자 더 좋은 환경의 두 번째 회사와 그보다 더 좋은 지금의 회사를 소개해주기도 했다. 내겐 두고두고 은혜를 갚아야 할 사람이다.

세 번째 사수는 그냥 무서웠다. 인상도, 말투도 무서웠다. 고개만 까닥한 게 첫인사의 전부였다. 앞으로의 회사생활이 순탄치 않으리란 예감이 들었다. 나중에 안 사실이지만 낯을 가리는 성격 때문에 종종 오해를 산다고 했다. 겪어 볼수록 좋은 분이라는 게 느껴졌고, 그 시기에 어깨너머로 많이 배웠다. 재미있는 카피부터 진중한 카피까지 못 쓰는 게 없는 선배였기에 그가 굳이 나를 옆에 앉혀놓고 가르쳐주지 않아도 매일 얻어가는 것이 있었다.

네 번째 사수는 구인 중이다. 이 글이 책으로 나올 때쯤엔 이미 정해져 있을지도 모르겠지만 염려되거나 신경 쓰이는 부분은 없다. 일복이 많은 만큼 사수 복도 많은 게 바로 나니까. 이제 새로 올 그분을 부사수 복 많은 사람으로 만들어드리는 게 나의 도리 같다.

새로웠던 것들이 어느새 일상이 되어 지루하게 느껴질 때,
지옥 같던 전 회사만큼 경각심을 주는 것도 없다.

야속한 세월

      대학교 대외활동에서 만난 박 대리님은 박 차장님이 되었고, 졸업 후 인턴 때 만난 김 부장님은 김 국장님이 되었다. 광고 문외한에, 실수투성이였던 나는 어엿한 손 대리가 되었다. 그러는 동안 내 마음은 여러 번 롤러코스터를 탔다. 광고 만드는 일이라면 밤을 새워도 좋다던 마음은 정시 퇴근만 기다리는 상태가 되기도 하고, 내 카피로 사람들의 마음을 찡하게 만들겠다던 다짐은 인상 찌푸릴 공해만은 만들지 말자는 최소한의 다짐이 되기도 한다. 그분들처럼 내가 손 차장이 되고 손 국장이 될 무렵엔 또 어떻게 달라져 있을까? 초심으로 돌아가 있을까, 아니면 돌이킬 수 없는 마음이 되어 있을까.

아
내
3
년
차

나를 철부지 어린애로 만들어버린
신혼생활에 대하여

"내가 오늘 무슨 일이 있었는지 알아?"
"진짜? 그 사람이 잘못했네!"

상대의 말이 끝나기도 전에 원하는 대답을 들려주는 게 남편의 주특기다. 유머 사이트 4컷 만화 같은 대화를 우리는 매일 주고받는다. 함께 시간을 보내는 동안에 나는 주로 말하고 남편은 듣는다. 내가 이렇게 수다스러운 사람이었나 싶을 정도로 남편을 붙들고 종일 이야기를 쏟아낼 때도 있다. 오죽했으면 무뚝뚝한 남편이 리액션 기계로 변했을까. 대단한 해결책을 얻는 것도 아닌데 남편에게 말하고 나면 그렇게 개운할 수가 없다.

내가 남편과 결혼한 이유는 여기에 있는 것 같다. 〈효리네 민박〉에서 이효리 씨가 이상순 씨에게 이런 말을 한 적이 있다. 오빠랑 말하는 게 세상에서 제일 재미있다고, 나는 오빠랑 말하려고 결혼한 것 같다고. 그 장면에서 어찌나 고개를 세차게 끄덕였는지 나는 컴퓨터를 하던 남편의 옷자락을 붙들고 소리쳤다. "내 이유도 저거야! 이효리랑 똑같다고!"

결혼한 사람이라면 저마다 결혼을 결심하게 된 계기가 있을 것이다. 나는 특정한 어느 한 가지 순간이라기보다 짧은 순간들이 모여 결심에 다다른 케이스다. 같은 포인트에 빵- 웃음이 터지고 같은 포인트에 찡했던 날들. 다른 포인트라 할지라도, 같이 고개 끄덕이고 다독여준 날들. 그 모든 순간들은 언제나 남편과의 시간 속에 있다.

예쁘게 살겠습니다

　　독실한 천주교 신자는 아니지만, 성당에 대한 환상을 늘 갖고 있다. 성당에 들어서는 순간, 마음이 차분해지는 그 느낌을 좋아했다. 성당에 꾸준히 나가는 것도 아니면서 길을 가다가 우연히 성당을 발견하면 근처를 돌아보고 봉헌대에 초를 밝히고 오곤 했다. 내가 성당 결혼식을 치르기로 한 것은 이때부터 예견된 일이었는지도 모른다. 언니가 먼저 성당 결혼식을 올렸기에 더 알아볼 것도 없었다. 우리도 언니 부부가 했던 것처럼 같은 성당, 같은 시간대에 예식을 올리기로 했다. 그때까

지만 해도 일반 예식보다는 성당 예식의 절차가 더 수월하겠다고 막연히 생각했다.

그런데 웬걸. 성당 예식이 훨씬 더 세부적인 절차로 복잡하게 이뤄지고 있었다. 성당에서는 가정을 꾸리고 잘 살아가라는 의미에서 단계적으로 혼인 준비를 한다. 우리는 첫 단추인 '혼인 교리 이수'부터 애를 먹었다. 둘 다 야근이 잦아 대여섯 시간이나 되는 수업을 함께 듣는 일조차 쉽지 않았다. 그 전에 미리 세례를 받은 성당에서 세례 증명서도 발급받고, 신부님과의 면담을 통해 '결혼 당사자 진술서'도 작성해야 했다. 바쁜 시간을 쪼개 서류를 준비한 우리는 겨우 일정을 맞춰 가까운 성당을 찾았다. 엄숙한 분위기에 잔뜩 긴장한 채로 들어갔는데, 진지한 말은 못 견뎌 하는 우리 같은 커플에겐 꼭 필요했을 시간이었다. 서로의 장단점도 적어보고, 서로에게 어떤 배우자가 될지도 생각해보고, 서로 꼬옥 안아주는 시간도 있었다. 중간중간 웃음이 터져 나왔지만, 그제야 결혼을 앞뒀음을 실감했다. 우리는 교육이 끝나자마자 미사를 집전해주실 신부님을 찾아갔다.

"성당 예식이 복잡해서 낯설 수 있으니 순서지를 만들어 오시면 좋아요."

드디어 전공을 살릴 기회가 온 건가 싶었다. 비싼 학비 들여서 디자인과를 졸업해놓고 돌연 카피라이터가 된 스스로가 한편으론 아쉬웠는데, 오랜만에 일러스트레이터 프로그램을 켜서 순서지를 만들었다. 그리고 깜짝 놀랐다. 언니 결혼식 때는 여기저기 인사를 다니느라 느낄 새가 없었는데, 일반 예식보다 2~3배는 더 긴 시간이었다. 토요일 오후 3시, 하객들이 그 시간을 부담스럽게 여기면 어쩌나 걱정됐다. 결혼식 당일 아침까지도 그 생각을 떨치기 어려웠다.

"오빠, 다들 집에 갔나 봐."

결혼식 당일, 혼배미사가 시작되고 얼마 지나지 않아 남편에게 소곤소곤 말을 걸었다. 남편은 내 말에 피식 웃음을 터뜨렸다. 우리는 신부님을 바라보고 서 있으니 뒤의 상황이 어떤지 알 길이 없었다. 고요해도 너무 고요했다. 앉았다 일어났다를 반복하고 찬송가를 부르는 동안, 성당 안은 점점 더 고요해졌다. 필히 이건 모두 밥 먹으러 갔거나 일찌감치 왔다 돌아간 거라고 생각했다. 끝까지 있어 주지 않아도 충분히 이해할 수 있었다. 황금 같은 주말, 이곳까지 찾아와준 것만으로도 감사했다. 애매한 시간이라도 밥 한 끼 든든히 채우고 간다면 그걸로 충분하다고 생각했다.

그런데 신부님의 말씀이 끝나고 뒤를 돌아본 순간, 나는 눈물이 터지고 말았다. 경건한 결혼식 분위기에 맞춰 묵묵히 우리를 바라보는 하객들과 눈이 마주쳤다. 장난치기 좋아하는 오랜 친구들도, 잦은 야근에 지쳤을 동료들도 각자의 자리를 지키고 있었다. 그 모습을 보고 있자니 잘 살아야겠다고, 반드시 행복해야겠다고 저절로 다짐하게 됐다. 결혼식이란 건 분명히 이 순간을 기억하라고 만든 자리일 것이다.

그로부터 3년이 지난 지금. 결혼식 앨범은 단 한 번도 꺼내본 적 없고, 결혼식 영상은 여전히 미개봉 상태지만 내 머릿속엔 그날의 모습이 수시로 플레이된다. 남편에게도 그 장면을 여러 번 상기시킨다. 되도록 구체적으로 묘사한다. 이 여자를 꼭 행복하게 만들어줘야겠다는 그때의 다짐을 잊지 않도록.

닮은 입맛

     모임에서만 보던 남편을 처음으로 따로 만난 날, 함께 떡볶이를 먹었다. 그는 추리닝, 나는 찢어진 청바지 차림이었다. 그날을 떠올릴 때마다 우리는 확신한다. 서로에게 마음이 1도 없었던 게 분명하다고. 그러지 않고서야 그런 차림으로 나올 수 없다고. 마음에 들었든 아니든 그날을 계기로 우리는 자주 밥을 먹었다. 삼계탕, 햄버거, 치킨, 회 등 음식의 종목을 가리지 않고 도장 깨기처럼 온 동네를 누비고 다녔다. 그러다 내가 어느 한 가게에 꽂히면 질릴 때까지 그곳만 찾아갔다. 뭐 이렇게까지 나한테 맞춰줄까 의아했는데, 맞춰준 게 아니었다. 나만큼이나 남편도 그 가게가 좋았던 것이었다. 연애하는 내내 그게 참 잘 맞았다.

결혼하고 한 달쯤 지날 무렵이었다. 퇴근하고 돌아오는 나를 경비 아저씨가 불러 세웠다. 부피가 큰 택배가 도착했다며 찾아가라고 했다. 집에 와서 박스를 뜯어보곤 깜짝 놀랐다. 내가 요즘 자주 사 먹는 탄산수와 캐러멜이 박스에 가득 들어 있는 것이 아닌가. 뒤늦게 집에 온 남편에게 물었더니 새삼스럽다는 듯 말했다.

"좋아하잖아. 질릴 때까지 먹으라고."

그러고 보면 남편은 내가 맛있게 잘 먹는 걸 좋아했다. 어떤 음식이든 내가 먹는 모습만 보면 히죽거렸다. 만나는 동안 단 한 번도 다이어트에 대해 언급한 적도 없었다. 계절이 바뀔 때마다 '아, 이제 살 좀 빼볼까' 싶어서 먹는 양을 줄여도 어림없었다. 평일에 열심히 다이어트하면 주말에 원점으로 돌아왔다. 한 가지 놀라운 건, 매년 주기적으로 앓았던 위염과 복통이 나도 모르는 새에 사라졌다는 것이다. 남편과 함께 제때 식사를 하는 것만으로도 체력이 꽤 좋아진 것이다. 그러는 사이, 남편의 몸무게는 8kg이 불었지만 그제야 정상 체중처럼 보였다. 본인은 살이 찌지 않는 체질이라더니. 이제 남편은 너만 보면 입맛이 돌아 큰일이라며 걱정하는 처지가 되었다. 그래도 살이 붙은 게 더 건강해 보였다.

최근엔 우리 동네에만 있는 모 피자가게에 푹 빠져 있다. 연애 시절에도 그랬듯 주문하는 메뉴는 매번 같다. 전화만 해도 사장님이 어떤 메뉴를 시킬지 빤히 알고 있을 만큼. 이 맛에 무뎌질 때쯤이면 우리는 또 다른 메뉴를 찾을 것이다. 늘 그랬듯이. 입맛이 비슷할수록 연애 만족도가 높다고 한다. 입맛이 비슷한 커플이 평균적으로 연애 기간도 길다고 한다. 좋아하는 음식뿐 아니라 싫어하는 음식까지 비슷할 때는 더더욱. 그런 면에서 우리는 환상의 호흡을 자랑한다. 그날그날 먹고 싶은 음식마저 기가 막히게 맞아떨어진다. 단지, 누구 하나 건강에 이상이 생길 만큼 뚱보가 되지 않길 바랄 뿐이다.

걱정병 환자와 산다는 것

솔직히 말하자면 나는 병이라고 칭해도 되지 않을까 싶을 정도로 걱정거리를 안고 산다. 걱정거리가 없을 때는 스스로 찾아 나서는 수준이다. 대부분 매우 쓸데없는 경우가 많은데 가령 이런 것이다. 불이 날까 봐 출근하기 전에 전기 코드 꼭 뽑기, 고양이가 창문 밖으로 나갈까 봐 고리까지 걸어 잠그기, 현관문이 제대로 안 닫혔을까 봐 1층까지 내려갔는데도 다시 올라가 확인하기. 아침마다 불안함과 씨름하다가 집으로 되돌아가는 일도 부지기수다. 지각을 피할 수 없더라도 되돌아가는 발걸음을 멈추지 못한다. 이렇게 피곤하게 사는 나를 내가 평생 데리고 살아야 한다니. 이런 사실조차 걱정스럽다.

혼자서는 어쩌지 못한 '걱정병'이 조금씩 호전된 건 남편을 만나고부터였다. 연애 초반엔 이상한 사람처럼 보일까 철저히 숨겼다. 걱정 많은 사람이란 걸 들키지 않으려 끝까지 노력했지만 어느 날 비집고 나온 나의 말도 안 되는 걱정거리를 듣고 남편은 기겁했다. 아무 일도 일어나지 않을 거라 믿는 남자가 무슨 일이든 일어날 수 있다고 믿는 여자를 만나게 됐으니 그럴 만도 했다. 그때부터 남편의 극약처방이 내려졌다. 걱정이 슬금슬금 피어오를 때면 매번 단호하게 말했다.

"응, 아니야. 그렇게 쉽게 전기 코드에 불이 붙지 않아."
"응, 아니야. 문 잘 잠긴 거 내가 다 봤어."
"응, 아니야. 고양이도 생각이 있지. 창문 밖으로 뛰어내리고 그러지 않아."

나에 대해 세세히 알게 된 그는 내 표정만 봐도 걱정이 시작되려는 걸 직감했고, 그때마다 앵무새처럼 말했다. 지금 걱정하는 것들을 딱 끊어내라고. 네가 생각하는 그런 일은 평생 일어나지 않는다고. 그 말로 인해 근심뿐이었던 내 마음이 조금씩 움직이기 시작했다. 여러 차례 확인하려는 마음을 한두 번 참아 봤는데 정말 아무 일도 일어나지 않았다. 열 번 걱정해도 스무 번 걱정해도 결과는 마찬가지였다. 상상했던 일은 그저 상상 속에만 남았다. 이 별거 아닌 사실을 깨닫는 데까지 오랜 시간이 필요했다.

이쯤에서 한 가지 더 솔직하게 털어놓고 싶은 게 있다. 걱정 없는 게 걱정인 사람은 너밖에 없을 거라고 말하던 남편이 놓치고 있는 사실이 있다. 지난여름에 휴가를 보내기 위해 대만으로 떠나던 날, 우리 고양이 잘 있는지 확인했냐고 여러 번 묻던 사람이, 버스를 타기 직전 기어코 두 눈으로 봐야겠다고 말한 사람이 내가 아닌 남편이었다는 것을. 정작 스스로는 전혀 눈치 채지 못하고 있다.

부부는 서로 닮아간다더니 옛말 틀린 거 하나 없다.

와이프의 특권

안 그래도 많지 않은 남편의 옷이
점점 더 줄어든다.

안 그래도 넉넉한 크기의 내 옷은
점점 더 커진다.

결혼하고 보니
세상에, 남편 옷보다 더 편한 게 없다.

결혼과 동시에
새 옷장을 하나 공짜로 얻은 기분이다.

살롱 드 오재

우리가 신혼여행을 떠나는 날은 예식이 있는 날로부터 2주 뒤였다. 생일을 꼭 프라하에서 보내고 싶은 욕심 때문이었다. 남편은 다행히 내 뜻을 따라줬고 토요일에 식을 올린 우리는 월요일에 정상출근을 했다. 2주 정도는 비어 있어야 할 자리에 내가 떡 하니 앉아 있으니 지나가는 동료들이 깜짝 놀랐다. 더군다나 식이 끝난 다음 날 나는 단발 스타일로 머리카락을 싹둑 자른 상태였다. 이틀 전에 결혼한 새 신부가 신혼여행도 가지 않고 허리까지 오던 긴 머리를 잘라버리다니. 설마, 그새 둘 사이에 변화가 생긴 건지 조심스레 묻는 사람도 있었다. 하지만 염려스러운 이야기들 사이에서 내 귀에 들린 것은 단한 마디뿐. "단발이 찰떡이네"라는 듣기 좋은 말이었다. 자르길 잘했다는 생각이 들었다.

중학교에 다니는 3년 동안 나는 귀밑 3cm라는 가혹한 규정을 지키며 살아왔다. 그에 대한 반발심으로 10년 넘게 긴 머리만 고수해왔다. 큰마음 먹고 잘라봐야 쇄골 언저리였는데, 중차대한 결혼식을 마쳤다는 후련함 때문인지 확 짧게 잘라 볼 마음이 생겼다. 자르고 나니 생각보다 만족도도 높았다. 진작 자를걸. 염색에 파마에 그동안 다 상해 있던 머리카락에 손톱만큼의 미련도 없었건만. 머리 말리는 시간이 줄어드니 화장할 시간과 옷 고를 시간이 늘어 여유가 생겼다. 그 이후부터는 단발에 중독되어 한 달에서 두 달에 한 번씩 꼭 미용실에 들러 머리를 다듬었다. 조금만 방심해도 금방 지저분해진 느낌이 들어서다. 커트로도 만족스럽지 않을 때는 염색도 했다. 전보다 미용실에 가는 횟수가 늘다 보니 그 비용도 만만치 않았다.

그런 나를 본 절친한 동료가 염색약 하나를 추천해주었다. 샴푸하듯이 몇 번 문질러주면 색깔도 선명히 나온다고 했다. 동네에서는 적어도 5만 원 넘게 드는 염색 비용을 10분의 1로 줄일 수 있었다. 하지만 결과는 대실패. 너무 샴푸하듯 문지른 게 문제였을까. 머리가 얼룩덜룩해졌다. 수습하기 위해 바르는 타입의 염색약을 사왔다. 사오긴 했는데 무엇부터 해야 할지 몰라 패키지만 들여다보고 있으니 남편이 넌지시 말을 걸었다.

"내가 해줄까?"

본인의 머리를 손질하는 것도 귀찮아하는 사람이 염색을 해주겠다고? 귀를 의심했다. 평소 손재주가 있기는 하지만 염색은 한 번도 해본 적 없을 것 같은 사람이 날 시험대에 올리는 건가 싶어 손사래를 쳤다. 차라리 내가 하는 게 나을 것 같았다. 그때 깜짝 놀랄 말이 이어졌다.

"어릴 때 우리 엄마 염색 많이 해줬어. 한번 믿어봐."

남편은 익숙하다는 듯 내 어깨에 비닐을 씌워주었다. 그러곤 염색약을 고루 섞어 내 머리카락에 정성스레 발라주었다. 얼룩지지 않도록 한 올 한 올 빗질까지 해주었다. 한두 번 해 본 솜씨가 아니었다. 내가 TV를 보는 동안, 염색은 착착 계획대로 진행되었다. 미용실에 온 듯한 착각마저 들었다. 염색을 마치고 머리를 말려준 그는 제법 흡족해했다. 이리저리 거울로 살펴본 나도 꽤 만족스러웠다. 뿌리염색 정도는 남편에게 맡겨도 충분할 것 같았다.

"미용실 차려볼까? 내 이름 따서 '살롱 드 오재'로."

요즘은 샤워 후에 머리를 말리는 일도 '살롱 드 오재'에 맡긴다. 그는 "머리 자를 때 됐네"라며 성큼 자란 머리카락 상태를 나보다 빨리 알아차린다. 남편이 머리를 말려주는 동안, 주로 나는 멍하게 있다. 휘몰아치는 하루 중에서 아무것도 하지 않고 가만히 있는 순간은 그때밖에 없는 것 같다. 10분이라는 짧은 시간이지만 그것만으로도 마음이 꽤 편안해진다. 다 말린 후에 내 머리가 자갈치 과자 모양처럼 마구 뻗치는 것만 아니면 더없이 완벽할 텐데. 그건 시간이 좀 더 필요할 것 같다.

옛날 사람

밤 10시. 회사 동료들과 1차로 막걸리를 마신 후, 택시를 타고 2차 장소로 이동하는 중이었다. "요즘 을지로가 그렇게 힙하다며." "젊은 애들이 자주 가는 클럽이 있대." 여기저기서 주위들은 소문들이 튀어나왔고 목적지는 순식간에 을지로로 변경됐다. 내가 을지로에서 아는 곳은 '만선호프'뿐이었다. 야외에서 다 같이 노가리 뜯으며 맥주 한잔하는 동네에 클럽이라니. 우리 중 가장 나이가 어린 후배는 그 클럽에 가 본 적이 있다며 자신만만하게 앞장섰다.

클럽이 있다고 상상할 수 없는 허름한 건물로 들어서니 음악 소리가 들려왔다. 반쯤 열린 클럽 안에는 이미 사람들로 꽉 차 있었다. 얼핏 봐도 나보다 어린 친구들이 대부분인 것 같았

다. 오랜만에 이어진 술자리에 잔뜩 들떠 있던 우리였는데 안
에 들어서자마자 당황하고 말았다. 15평 남짓 되는 공간, 어둡
지 않은 조명, 다닥다닥 붙어 춤을 추는 사람들. 그야말로 면
전에 대고 춤을 추는 꼴이었다. 한 번도 그렇게 놀아본 적 없
는 나는 주춤했다. 요즘 유행하는 클럽은 다 이런 스타일인가?
나는 10분도 채 지나지 않아 다시 택시 안에 있었다. 동갑내기
동료도 함께였다.

"우리가 방금 뭘 본 거지."
"저렇게 좁고 밝은 데서도 춤을 출 수 있구나."
"너 없었으면 나도 재미있는 척했을 거야. 적응 못 하는 내가 이
　상한 건 줄 알았거든."
"내가 할 말이야. 고맙다. 적응 못 해줘서."

나는 같은 방향에 사는 동료를 내려주고 남편에게 전화를 걸었
다. 오랜만에 일찍 퇴근한 그는 한창 컴퓨터 게임 중이었다. 클
럽 간다더니 왜 이렇게 빨리 오냐는 물음에 얼렁뚱땅 아무 대
답이나 했다. 이유를 들으면 옛날 사람 다 됐다고 놀려댈 게 뻔
했다. 택시에 내려 집 근처 편의점에 들렀다. 맥주 두 캔과 간단

하게 먹을 안주를 샀다. 보고 싶은 영화도 생각났다. 흔히 상상하는 술자리의 2차 풍경과는 사뭇 달랐지만 신이 났다. 술에 취해 비틀거리는 사람들을 지나 집으로 달려갔다.

뜨끈한 물에 목욕을 한 다음 친구가 추천해준 영화를 결제했다. 광고가 나오는 동안 게임에 몰두하고 있는 남편 얼굴을 한번 들여다보고, 발라당 누워 있는 우리 고양이의 머리도 한 번 쓰다듬었다. 집에 오길 잘했다는 생각이 들었다. 예전의 나라면 그 자리를 박차고 나온 걸 후회할지도 모르지만, 지금의 나는 달랐다. 이런 풍경이 더 편하고 즐거웠다. 뒤늦게 새로운 문화를 전해 듣게 되더라도 별 수 없겠다는 생각이 들었다.

한참 영화를 보고 있는 내게 남편이 말했다. 너 많이 변한 것 같다고. 예전 같았으면 해 뜨기 전에는 집에 오지도 않았을 텐데, 무슨 바람이 불어 자정 전에 들어왔냐고 했다. 나는 덤덤한 말투로 이제 집에서 노는 것이 제일 좋다고 대답했지만, 뚝뚝 떨어지는 체력을 끌어올리며 놀 만큼 요즘 힙한 것들이 더는 재미있지 않단 사실을 알고 있었다.

그래, 말은 이렇게 해도 나 옛날 사람 된 거 맞다. 나도 안다.

결혼 전엔 '와이프'라는 단어가 그렇게 낯간지러울 수 없었는데,
어느새 내 생활의 일부가 되었다.
나와는 관계없을 거라 생각했던 일들이 점점 내 일이 되어간다.

천생연분

남편과 3년을 살아보니 천생연분이란 게 별거 아닌 것 같다.

닭 가슴살 좋아하는 사람과 닭 날개를 좋아하는 사람.
생선 몸통을 좋아하는 사람과
생선 지느러미 부위를 좋아하는 사람.
피자의 토핑을 좋아하는 사람과
피자 끝에 도우를 좋아하는 사람.
이런 우리 둘이 만나니 싸울 것도 없고 버릴 것도 없다.

쓰고 보니 전부 먹을 것이라는 게 좀 그렇지만,
서로 다른 두 사람이 함께 살다 보면
어느 한 부분이 이렇게까지 잘 맞는 것도
쉬운 일이 아니란 생각이 든다.

우리 집엔 예언자가 산다

눈을 뜨면 내가 가장 먼저 하는 일은 오늘의 몸무게를 체크하는 것이다. 일어나서 한 번, 자기 전에 한 번, 매일 두 번씩 꼭 몸무게를 재는 게 습관이다. 운동도, 식이조절도 하지 않으면서 나는 매일 부푼 꿈을 안고 체중계 위에 올라간다. 어제는 평소보다 조금 더 걸었으니 0.5kg은 빠졌겠지. 그렇게 먹고 싶던 마카롱과 아이스 라테도 꾹 참았는데 1kg 정도는 빠져야 하는 거 아닌가, 하면서 말이다. 그럴 때마다 남편은 이해할 수 없다는 표정을 짓는다. 규칙적으로 운동을 하지 않았으니 몸무게도 변화가 없는 게 당연하다며 듣고 싶지 않은 말을 굳이 해준다. 나도 모르는 게 아니다. 덜 먹은 날엔 조금이라도 보상받고 싶은 심리일 뿐이다.

매일 체중을 체크하면서 다른 욕심도 생겼다. 일 년에 한 번 건강검진을 해야 알 수 있던 체지방량과 근육량까지 낱낱이 체크하고 싶어졌다. 덜 먹고 더 먹는 것에 따른 변화를 세세하게 알수 있지 않을까 해서다. 마침 가습기를 사러 마트에 갈 일이 있어 겸사겸사 전자 제품 코너에서 체중계를 둘러봤다.

"내가 장담하는데 너 먹을 때마다 체중계 얘기할 걸? 아까 저녁도 체중계 있었으면 그렇게 맛있게 못 먹었어."

연애 4년에 결혼 3년. 남편은 이제 나보다 나를 더 잘 안다. 우스갯소리로 한 그의 말이 진짜가 되는 경우가 많다. 그 얘기를 듣자마자 당장 오늘 밤에 일어날 일이 생생하게 그려졌다. 집에 가는 길에 먹기로 한 호떡만 하더라도 그렇다. 체지방량이 살짝 늘기라도 하면 죄책감을 느끼며 황급히 식사량을 줄일 것이다. 종일 쫄쫄 굶으며 흡족해하다가 숫자에 아무런 변화가 없으면 또 불평불만을 쏟아낼 게 분명하다. 그렇게 간식 하나를 먹는 데도 기분이 오르락내리락할 것이고, 그럴수록 매일 체중계만 들여다보고 있을 게 뻔했다. 나는 갓 계산을 마친 체중계를 들고 갈팡질팡했다. 이걸 계기로 운동을 시작할 것인가 아니면 지금보다 더 식사량에 집착하게 될 것인가.

"안 사길 잘한 거라니까. 운동 시작한 후에 사도 늦지 않아."

집으로 돌아오는 길, 내 손에는 가습기만 들려 있었다. 체중계는 결국 환불했다. 아무런 운동도, 노력도 하고 있지 않은 내겐 쓸모없는 물건이었다. 대신 운동을 배우기로 했다. 허리 디스크로 고생한 적 있는 내 몸에 사과하는 의미에서. 역시나 남편은 딴죽을 걸어왔다. 피트니스센터에 좋은 일 하는 거라고, 등록만 하고 착실히 얼굴 비추지 않는 수강생이 될 거라는 예언을 했다. 그 말에 부정하지는 못했지만 나도 모르게 오기가 생겼는지 꾸준히 필라테스를 배우고 있다. 태어나서 단 한 번도 운동에 재미 붙여본 적 없는 내가 3개월 넘게 출근 도장을 찍고 있다니 기적이 따로 없다. 인바디 체중계에 미련이 남았던 걸까? 어쩌면 남편의 이번 예언은 빗나갈 수도 있겠다.

두 번째 나쁜 말

　　다시 보기를 해서라도 꼭 챙겨보는 프로그램들이 있다. 〈인생술집〉도 그중 하나다. 재미있는 여러 에피소드가 있지만 나는 드라마 〈미스터 션샤인〉의 배우들이 출연한 날이 기억에 남는다. 극중 악역을 맡았던 배우 김의성 씨가 '7년간 연애 중인 여자친구와 자주 다투지는 않느냐'는 질문을 받았는데, 그에 대한 답변이 무척 인상 깊었기 때문이다.

"연애 초반엔 서로 맞춰가느라 많이 싸웠지, 그 이후론 안 싸워요. 한 사람이 확 지르면 다른 한 사람은 납작 엎드리니까."

패널들이 갸우뚱하자 그는 자세한 설명을 덧붙였다. 여자친구가 본인의 행동을 지적했을 때 재빨리 미안하다고 대답하면 된다고 했다. 결국 누군가가 사과를 해야만 싸움이 끝나는데 서로 상처받을 것 다 받은 후에 하면 뭐 하냐고, 그렇게 될 거라면 긴 싸움의 과정을 줄이는 게 현명하다는 것이었다. 그 순간, 납작 엎드린다는 다소 모양 빠지는 말이 그렇게 멋있게 들릴 수가 없었다. 그의 말처럼 모든 싸움은 길든 짧든 누군가가 사과를 해야만 끝나는 것이었고 빠른 사과만큼 긴 싸움을 방지하는 것도 없었다.

서운하다는 첫 번째 말에, 지겹다는 두 번째 말로 대꾸하지 않는 것. 미안하다는 첫 번째 말에, 달라질 것 없다는 두 번째 말로 상대방의 마음을 상하게 하지 않는 것. 이 두 가지만 마음 속에 담아둔다면 싸움이 시작될 것 같은 아슬아슬한 상황도 현명하게 모면할 수 있을 것 같다. 이왕이면 멋지게 납작 엎드려주는 쪽이 내가 아니라면 더 좋겠지만.

적어도 이것만은

나는 그가 쌍꺼풀 수술을 허락했으면 하고
그는 내가 전자 담배를 허락했으면 한다.

나는 그가 골프 한 게임만 덜 쳤으면 하고
그는 내가 맥주 한 잔 덜 마셨으면 한다.

각자에게는 나름 심각한 문제지만
때로는 바라는 게 이 정도라 다행이다 싶다.

승자가 된 패자

첫 인턴 생활을 함께했던 동기들과 오랜만에 저녁을 먹었다. 그중엔 결혼한 지 반년밖에 되지 않은 새신랑도 있었다. 전해 듣기로는 신혼 첫 달 내내 피 터지게 싸웠다던데, 그날 그의 얼굴은 생각보다 평화로워 보였다. 묘한 신경전도 끝난 듯했다. 나는 그 비결이 궁금했다.

"비결이랄 건 따로 없고 내가 먼저 져주니까 와이프도 져주기 시작하더라고. 내가 열 번 져줄 때 한 번 정도?"

그의 말에 다른 사람들은 어떻게 열 번이나 져 줄 수 있냐며 대단하단 표정을 지었다. 그는 몇 가지 일화를 더 들려주었는데,

그럴수록 자꾸만 우리 집에 있는 누군가의 얼굴이 떠올랐다.

첫날 밤, 나와 남편은 심하게 다퉈 각자 등을 돌린 채 잠이 들었다. 결혼식 2주 뒤에 신혼여행을 떠나기로 했기에 우리는 식이 끝나자마자 집으로 돌아와 짐 정리를 하던 중이었다. 다툼은 사소한 것에서 비롯됐다. 평소에 내가 잘 쓰지 않는 다리 마사지기를 버리자는 것이었다. 나는 극구 반대했다. 비싼 돈 주고 산 물건이니 언젠가는 쓸 거라고 박박 우겼다. 남편은 지금까지 안 쓴 것을 보면 앞으로도 절대 쓸 일 없을 거라며 반박했다. 한참 말다툼을 한 결과, 마사지기는 베란다 끝으로 밀려났다. 다음은 거실의 꽤 많은 면적을 차지하는 스탠드가 표적이 됐다. 역시나 버리자는 쪽은 남편이었다. 꼭 필요한 물건만 남겨두는 남편과 언젠가 필요할 물건까지 쟁여두는 와이프, 그 둘의 전쟁이었다. 이번엔 남편 쪽에서 물러났다. 마사지기는 베란다 창고행이 됐지만, 스탠드는 지켜냈다.

이후로도 자잘한 다툼이 몇 번 더 있었다. 대개 기억조차 잘 나지 않는 고만고만한 일들이었는데 어느 날부턴가 그 다툼이 사라졌다. 왜 그럴까 돌이켜 보니 동기의 일화와 무척 닮아 있었다. 내가 불만을 토로했을 때 남편이 또 다른 불만으로 대응하지 않은 어느 날부터인 것 같았다. 그런 날들이 반복되다 보니 괜히 나만 나쁜 사람이 되는 것 같았다. 남편이 한 번 져주었다면 나도 한 번쯤 져줘야 할 것 같았다. 불만 많은 와이프와 그걸 다 받아주는 남편. 그런 사이가 되고 싶지는 않았다. 그렇게 어느 날 정신을 차려보니 남편이 다섯 번 져주면 똑같이 다섯 번 져주는 와이프가 되어 있었다. 어느 날은 일곱 번 이기는 남편과 세 번 이기는 와이프가 되어 있기도 했다. 동기의 와이프나 나나 조련당하고 있는 게 틀림없었다.

집으로 돌아와 남편에게 동기의 이야기를 들려주었다. 모른 척 배시시 웃는 남편을 보니 패자는 내 쪽인 게 확실해졌지만, 다투지 않는 방법을 더 고민한 건 남편 쪽인 것 같았다. 방법이야 어찌 됐든 불꽃 튀던 집안에 평화를 가져다줬으니 이 정도는 귀엽게 봐주기로 했다.

그때 그 말

무뚝뚝한 성격의 남편이 나를 가장 감동하게 한 말은
결혼하자는 말도, 행복하게 해주겠다는 말도 아니었다.

내 생일에 우리 부모님께 쑥스러움을 이겨내고 전한 말,
'수현이를 낳아주셔서 감사하다'는 말이었다.

나는 술 마시고 늦게 들어가는 날이나
용돈이 빨리 떨어지는 날마다
내 존재 자체에 감사해야 하는 것 아니냐며
그때의 말을 아주 요긴하게 써먹고 있다.

광고기획자와 광고제작자

광고 회사에서 전략을 짜는 남편과 제작물을 만드는 나는 누가 봐도 참 다른 사람이다. 남편이 엑셀을 만지는 동안 나는 PPT를 다루고 남편이 광고비를 체크하는 동안 나는 오탈자를 확인한다. 그는 숫자에 강하고 나는 글에 강하다. 그는 이성적이고 나는 감성적이다. 이렇게 다른 둘이 큰 다툼 없이 잘 살 수 있을까 우리조차 걱정스러웠지만, 직접 겪어보니 기우였다. 각자가 잘할 수 있는 일이 칼같이 분리되어 싸울 일이 별로 없었다.

재산은 남편이 모두 관리하기로 했다. 나는 월급이 어디에 어떻게 쓰이고 있는지 제대로 파악조차 하지 못하는 사람이었다. 낭비하진 않지만 그렇다고 열심히 절약하지도 않았다. 돈이 모자라지는 않아도 꾸준히 모으지는 못할 스타일이었다. 반면, 남편은 수입, 지출 내용을 항상 꼼꼼히 기록하는 유형의 사람이었다. 그런 그가 나에게 경제권을 맡긴다면 문제가 됐겠지만 나는 경제적인 부분에 욕심이 없었다. 오히려 마음이 편했다. 어디에 얼마가 쓰였는지 물어보면 바로 읊어줄 사람이 생겼으니까. 나는 주식은 거들떠보지도 말라는 잔소리만 하면 되니까. 이런 속사정이 있지만 재산 관리는 여자가 해야 한다는 말을 심심찮게 듣는다. 내가 맡으면 잔고가 0원이 되는 건 시간문제일 텐데, 모르고 하는 소리다.

부엌에서의 일도 일각에서는 낯설게 여길 만하다. 요리하기는 싫어하지만 설거지하는 것은 좋아하는 나와 그 반대인 남편. 자연스레 각자의 일이 정해졌다. 결혼함과 동시에 요리는 남편이, 설거지는 내가 하기로 했다. 요리는 와이프가 해야 하는 거 아니냐는 질문도 당연히 지겹도록 듣는다. 우리 집은 남편이 요리하는 것이 결과물로 보나 만족도로 보나 나보다 훨씬 좋다. 대신 내가 설거지 하나는 기가 막히게 해내니 그걸로 된 것 아닌가.

결혼 생활을 직접 겪어보고야 알았다. 흔히 말하는 여자의 일과 남자의 일로 구분하는 건 그리 바람직한 방법이 아니라는 걸. 오히려 각자 더 좋아하는 일과 덜 싫어하는 일을 맡는 게 훨씬 만족도가 높다는 걸. 회사에서나 집에서나 내가 잘하는 일을 맡을 때 더 신이 나는 법이니까.

남매인가 부부인가

　　우리가 사는 아파트에는 젊은 부부와 노부부 같은 2인 가족이 많이 산다. 평일엔 아침 일찍 나가서 저녁 늦게 들어오니 얼굴 볼 일이 거의 없지만 주말이 되면 동네 사람들을 여기저기서 마주친다. 작은 단지라 두세 번 보면 자연스레 인사도 나누게 된다.

얼마 전, 남편과 함께 저녁을 먹으러 나가는 길엔 옆집에 사는 분과 마주쳤다. 엄마 또래의 여자분이었고, 반갑게 먼저 인사를 건네주셨다. 엘리베이터까지 같이 타게 된 우린 어색한 미소만 짓고 있었는데, 어머님께서 자꾸만 우리 얼굴을 뚫어지게 쳐다보셨다. 왜 그러실까 궁금하던 찰나, 한 치의 의심도 없이 이렇게 물으셨다.

"요즘은 남매끼리 잘 안 살던데, 사이가 되게 좋은가 봐~."

이후에도 그런 일은 자주 일어났다. 동네 편의점에 가도, 낯선 음식점에 가도 우리를 본 어르신들은 흡족한 표정으로 말을 건네셨다.

"남매끼리 참 보기 좋네~."
"요즘 남매끼리 붙어 다니는 거 보기 힘든데."
"부모님이 좋아하시겠어."

하나같이 확신에 찬 말투라 그냥 웃어넘길 때가 많다. 어디선가 그런 기사를 본 적이 있다. 부부가 오랜 세월 함께 살면 서로 마주 보며 비슷한 근육을 쓰기 때문에 자연스레 닮아간다고. 우리가 함께 산 시간은 3년밖에 되지 않는데 서로를 얼마나 지겹게 봤으면 벌써 남매 소리를 듣는 걸까? 10년 뒤엔 거의 쌍둥이처럼 닮아 있는 게 아닐까? 이미 닮아버렸다니 별수 없지만, 그땐 둘 중 누군가가 더 예쁘고 잘생긴 얼굴이 되어 있길 기대해보는 수밖에.

오른쪽에 사는 여자

언제부턴가 나는 오른쪽, 남편은 왼쪽에 선다.
걸을 때도 그렇고, 앉을 때도 그렇다.
서로 반대편에 서면 어색한 느낌이 들어 꼭 고쳐 선다.

결혼 전에는 별다른 불편함을 느끼지 못했는데
결혼한 후, 집 구조에 맞게 가구를 배치했더니
벽이 없는 침대 바깥쪽이 내 자리가 되어버렸다.
남편은 침대 왼쪽, 나는 오른쪽.
남편은 침대 안쪽, 나는 바깥쪽에서 자게 된 것이다.

아늑한 안쪽 자리에서
곯아떨어진 남편을 볼 때면 가끔 의심이 든다.
오래전부터 이걸 노린 건가 싶다.

닐리리 만보

2016년 11월 17일, 우리는 프라하 상공을 날고 있었다. 남편이나 나나 장거리 비행은 처음이라 어서 착륙하기만을 기다렸다. 11시간 내내 앉아 있었더니 좀이 쑤셨다. 나보다 다리가 두 배나 더 긴 남편은 공항에 내리자마자 기지개를 켰다. 관절마다 우두둑 소리가 났다. 보나 마나 쉬자는 말을 할 표정이었고 나는 먼저 선수를 쳤다.

"날씨도 좋은데, 일단 좀 걸을까?"

한국에서도 매일 1만 보 걷기를 실천하는 나였으니, 신혼여행도 예외는 아니었다. 편하게 앉아서 갈 수 있는 버스와 트램을 뒤로하고 우리는 종일 걸었다. 골목 구석구석을 다 아는 프라하 사람조차 하루에 그렇게 많은 양을 걸을 수 없으리라. 책에도 나와 있지 않은 맛집을, 인터넷에서도 보지 못한 노점상을 발견하는 재미가 쏠쏠했다. 내가 신이 날수록 남편은 점점 더 야위어갔다.

신혼여행 첫날 밤, 남편은 눕자마자 바로 기절해버렸다. 나는 낯선 방에서 눈을 껌뻑이며 한참 뒤척였지만 남편이 그렇게까지 지친 모습은 처음 봐서 차마 깨우지 못했다. 이렇게 된 거 다음 날 갈 곳을 미리 찾아두기로 했다. 일주일 동안 매일 2만 보가 넘는 거리를 걸었다. 내가 왜 그렇게까지 했나 싶지만 그땐 프라하 전부를 보고 가겠다는 일념 하나였다. 다리가 아픈 줄도 몰랐다. 낭만적인 풍경에 저렴한 맥주까지, 마냥 행복한 날들이었다.

신혼여행을 다녀와서 나는 몸무게가 2kg이나 줄었고 남편은 발목에 무리가 와 한의원을 찾았다. 신혼여행이 아니라 거의 행군 수준의 배낭여행이나 다름없었으니까. 덕분에 나는 군말 않고 따라준 남편에게 완벽히 반했고 남편은 나의 1만 보 걷기에 완전히 질렸다. 한국에 돌아와선 부쩍 차를 갖고 다니는 횟수가 많아졌다. 걸어가는 게 빠른 거리마저도.

걷기 좋은 계절이 돌아오면 분명 그리울 것이다. 손 꼭 잡고 걷던 서울 곳곳과 그때마다 절로 나오던 콧노래가. 내가 자초한 일이라 잠자코 있지만, 남편의 발목이 완치되기만을 나는 손꼽아 기다리고 있다.

고목나무와 매미

여행지에 가면 꼭 휴대폰으로 타임랩스 기능을 켜서 그
날의 우리를 찍어 두는 버릇이 있다. 그리고 그 속의 내 모습이
낯설어 매번 깜짝 놀란다. 영상의 3분의 2 이상이 혼자 좋알거
리는 모습이라서. 내가 이렇게까지 말이 많은 사람인 줄 몰랐
는데, 음식 한 번 먹고 좋알, 풍경 한 번 보고 좋알, 한시도 입
을 가만히 두지 못한다. 남편이 운전하든, 밥을 먹든 내 모습
은 '복사+붙여넣기' 같다. 내가 말하는 동안 남편은 고개를 끄
덕이거나, 끄덕이거나 또 고개를 끄덕인다. 이 정도면 귀에서 피
가 나와도 이상하지 않을 정도라 조금은 미안한 마음이 드는
데 한편으론 결혼 참 잘했다는 생각이 들어 뿌듯하다. 결국 남
편에게 두 번 미안해진다.

춥냐 나도 춥다

연애를 시작하고 얼마쯤 지났을까. 서로가 편하게 느껴지기 시작한 때였다. 얼굴이 찢어질 것 같은 칼바람을 뚫고 함께 저녁을 먹으러 가던 길, 나는 처음으로 추위에 강한 척하지 않는 그의 모습을 보았다. 내가 춥다고 하면 옷도 벗어주고 목도리도 매주던 그였는데 그날은 견디기 힘들 정도로 추웠는지 그런 말을 일절 꺼내지 않았다. 나중에 안 사실이지만 그는 나보다 더 지독하게 겨울을 싫어하는 사람이었다.

"으아, 춥다."
"으아, 나도."

결혼하고 함께 세 번의 겨울을 보내는 동안 우리는 이 대화를 수십 번 반복해왔다. 그 말을 한다고 덜 추워지는 것도 아닌데 남들보다 몇 배로 더 껴입고도 바람이 얼굴을 스칠 때마다 시름시름 앓는다. 덕분에 우리 집은 바람이 새어 들어올 틈조차 없다. 365일 난방을 풀로 가동한다. 우리 집 상전인 고양이들은 아이스크림 녹듯 바닥에 들러붙기 일쑤다. 서로 적당하다고 생각하는 겨울의 온도가 비슷하니 히터 온도를 더 높이거나 낮출 필요가 없다. 다른 사람이었다면 이 찜통에서 어떻게 지내냐며 놀랄 정도다. 가스비와 전기세 폭탄을 각오해야 하지만 우리는 그만큼 더 열심히 돈 벌자는 결론에 다다를 뿐이다. 이번 겨울도 우리 고양이들만 신났다. 아마 애들은 평생 겨울이란 계절을 모르고 살 것이다.

어느 날 불쑥 건네는 선물과
어느 날 불쑥 회사 앞에 세워져 있는 차.
"생각나서 샀어"와 "생각나서 왔어"라는 말은
연애 때나 지금이나 언제 들어도 좋다.

빅 픽처

앞서 언급한 것처럼, 운동이라고는 걷기가 전부였던 내가 매일 아침 필라테스 운동을 하게 된 건 남편 덕이 크다. 아침 7시 반에 수업을 들으려면 적어도 6시 반에는 일어나야 하는데 등록할까 말까 고민하던 그때, 남편이 내 의지를 불태울 한마디를 던졌다.

"이야, 기부처 하나 또 생겼네?"

세상 모든 일은 채찍보다 당근이 효과적이라고 믿어온 나인데 그 순간 채찍이 효과가 좋다는 걸 확실히 느꼈다. 침대에 누워 간족거리는 그를 보고 있자니 없던 의지마저 생겨났다. 두고 보자. 이번만큼은 내가 꼭 성공하는 걸 보여준다. 운동을 시작하고 2주 정도는 남편 코를 납작하게 만들어주고 싶어 하루도 빠지지 않았다. 운동이 끝난 8시 반이 되면 보란 듯이 모닝콜도 해줬다. 그때마다 남편은 진짜 운동하고 전화한 거 맞냐며 깜짝 놀랐다. 그 맛에 아침마다 눈이 절로 떠졌다. 그런데 이게 무슨 일? 1개월, 2개월이 지나 3개월째에 접어들자 정말 필라테스에 재미를 붙이고 말았다.

"처음 하시는 분이신데 열의가 대단하시네요."

영하 10도였던 혹한에도 출석하니 선생님조차 박수를 보냈다. 하루가 다르게 좋아지는 체력과 안색에 나 또한 놀라고 있다. 일평생 생긴 적 없는 근육이 고작 3개월 만에 짠, 하고 나타나줄 리는 없지만 어떤 운동이든 꾸준히 할 수 있겠다는 믿음이 생겼다. 운동에 탄력 붙은 김에 그간 벼르던 수영에도 도전해볼 참이다. 물에 뜨지도 못하는 상태지만 남편의 얄미운 한마디면 순식간에 접영까지 가능할지도 모르겠다.
어쩌면 이 모든 게 남편의 큰 그림은 아니었을까.

애칭에 대하여

　　친구나 동료에게서 부부 사이의 애칭에 관한 질문을 받으면 나는 어쩔 줄 몰라 한다. 우리를 아는 사람이라면 몸서리칠 것 같아 순간적으로 거짓말을 할까 싶기도 하다. 고백하건대 연애 때나 지금이나 서로의 이름을 부른 적은 한 번도 없다. 듣고 싶지도, 알고 싶지도 않겠지만 우리의 애칭은 지금까지 쭉 '봉봉'이다. '여보'는 닭살 돋아서 디벨롭 버전인 '봉봉'이 떠올랐다. '여보'의 '보'와 비슷한 입 모양, 입에도 잘 붙고 어감도 괜찮다는 결론을 내렸다. 연애가 사람을 이렇게까지 바꿔놓을 줄이야.

하지만 입에 잘 붙어서 오히려 불편함을 느낄 때도 있다. 특히 마트에 갈 때마다 애칭을 바꿔야 되나 고민한다. 마트 구경을 하다 길이 엇갈려 먼 거리에서 서로를 불러야 할 때, 우리는 그 저 뻐끔거리는 것밖에 할 수 있는 일이 없다. 많은 사람 앞에서 "봉봉!"이라고 외치는 건 생각보다 용기가 필요한 일이다. 어쩔 수 없이 누구 하나 돌아볼 일 없는 "오빠"와 "수현아"를 슬며시 꺼내 쓴다. 그렇게 부르고 나면 어색함을 견딜 수 없다.

하루는 회사 선배에게 이 남사스러운 애칭을 들킨 적이 있다. 남편에게 전화가 걸려오자 휴대폰 화면에 '봉봉'이 대문짝만 하 게 떴고 선배는 기겁했다. 그러곤 예상치 못한 말을 내뱉었다.

"너 카피라이터라고 혹시 프랑스 작가 따라 하는 거야?"

선배 입에서 꽤나 그럴싸한 이야기가 나올 거라는 걸 직감적 으로 알았다. 잠자코 들어보니 어느 프랑스 작가가 자신의 애 인을 '봉봉'이라고 불렀다는 게 아닌가. '여보'보단 덜 닭살 돋고 부를 때도 입에 잘 붙는다는 궁색한 변명보다 왠지 더 근사해 보였다. 음, 이제야 답을 찾은 느낌이었다.

하지만 애칭 이야기가 나오면 나는 아직도 어물쩍 넘어간다. 그 럴싸한 이유가 생겼는데도 제대로 대답하지 못한다. 이게 다

프랑스 작가 이름을 외우지 못한 탓이다. 선배에게 다시 묻기도 그렇고 검색해도 나오질 않으니 답답할 노릇이다. 혹시 아는 분이 계시다면 살짝 귀띔해주시길. 우리의 애칭을 조금은 당당하게 말할 수 있도록. 더불어 이 글을 읽은 지인들이 부디 '봉봉' 소리에 몸서리치지 않길 바란다.

나는 옆머리를 꼭 오른쪽 귀 뒤로만 넘기고,
앞머리를 꼭 왼쪽으로만 비스듬히 넘긴다.
남편은 잘 때마다 꼭 두 손을 가지런히 모으며,
아침에는 서너 번쯤 알람이 울려야 일어난다.
서로의 사소한 습관까지 낱낱이 알고 있을 때면
우리가 남이었던 시절이 있었나 싶어진다.

토마토 알레르기

어느 날, 자고 일어났더니 한 번도 본 적 없는 두드러기가 생겼다. 시간이 지날수록 무서운 속도로 늘어났다. 가렵기는 또 어찌나 가려운지 일상생활이 불가능할 정도여서 병원을 찾았다. 처음으로 알레르기 검사를 받았다. 음식 종류부터 식물, 먼지에 이르기까지 약 40가지의 항목을 두고 알레르기가 있는지 확인했다. 그때까지만 해도 나처럼 먹기 좋아하는 사람이 특정 음식에 알레르기가 있을 줄은 상상도 못했다.

"집 먼지, 고양이 털 그리고 토마토 알레르기가 있네요. 모르셨어요?"

세상에 토마토라니. 그동안 먹은 토마토만 해도 한 트럭은 족히 넘을 텐데. 심각한 정도는 아니지만 자주 먹으면 일상에 불편함을 줄 수 있으니 주의하라고 했다. 검사 결과를 듣고 돌아오는 길에 또 괜한 걱정이 앞섰다. 남편이 펄쩍 뛸 게 분명했다.

"토마토? 너 요즘 맨날 방울토마토 먹더니 그것 때문이었네. 오늘부터 금지야!"

아니나 다를까 그날부터 토마토 금지령이 내려졌다. 검사지를 공개한 그 순간부터 토마토 사오는 낙을 잃어버렸다. 이제 집에서 토마토를 볼 일이 사라졌으니 딱히 떠오르지는 않았지만 문제는 회사였다. 오후가 되면 간식으로 과일이 나오는데 단골 메뉴 중 하나가 토마토이기 때문이었다. 직장인이 가장 배고파한다는 오후 3시. 한두 개쯤은 괜찮겠지, 하는 안일한 생각이 화근이 되었다. 토마토를 먹은 날은 어김없이 밤새도록 두드러기에 시달렸다. 다음엔 먹지 말아야지 해놓고 막상 눈앞에 있으면 괜찮겠지 싶어 몇 개를 집어 든다. 그럼 또 지옥 같은 밤이 시작된다. 인간의 욕심은 끝이 없고 같은 실수를… 그때마다 남편이 내 등짝을 때리며 말한다.

"너 회사에서 또 토마토 주워 먹었지!"

가려울 걸 알면서도 토마토를 먹는 나를 남편이 이해하지 못
하는 것처럼 토마토를 좋아하지 않는 사람이라면 이 마음을 평
생 모를 것이다. 먹다 보면 나아지겠지, 하는 막연한 기대감도
알 수 없을 것이다. 몰랐다면 좋았을 일만 괜히 하나 더 늘었다.

울보 극복기

　　남편 앞에서 처음 눈물을 보인 건 이대역 근처에 있는 어느 치과 앞에서였다. 세상에서 제일 싫어하는 신경 치료를 어쩌다 예고도 없이 30분 동안 받고 나온 상태였다. 내 눈엔 이미 한가득 눈물이 고여 있었다. 차마 치료 중에는 울 수 없어 두 손을 꽉 움켜쥐느라 손바닥에 손톱자국이 선명했다. 치료비를 내고 건물에서 나오니 공원에서 날 기다리던 남편의 모습이 시야에 들어왔다. 꾹 눌러둔 감정이 터져 나왔다. 기막힌 광경이었을 것이다. 다 큰 어른이 치과 앞에서 엉엉 소리 내며 울어버리다니. 그 와중에 남편은 나의 입 꼬리가 너무 웃기다며 배꼽을 잡았다.

"너 울 때 입 꼬리가 활처럼 휘어지는 거 알아?"

굳이 손가락으로 입 꼬리를 쭉 내리며 흉내를 냈다. 안 그래도 나를 골탕 먹이는 맛에 사는 남편에게 놀림거리가 하나 더 생긴 것이다. 하도 부지런히 놀려댄 탓에 이젠 진짜 눈물이 나야 할 타이밍에도 남편 얼굴부터 생각나 눈물이 뚝 멈춘다. 남편 때문에 실컷 울 수 없는 처지가 됐다. 사실 내가 생각해도 좀 우스꽝스러운 모습이긴 하지만.

때때로 과음하면 이유 없이 눈물을 흘렸던 주사도 말끔히 사라졌다. 입 주변의 신경은 아무리 술을 마셔도 긴장이 풀리지 않는다. 지겹도록 놀림을 받아서인지 입 꼬리에 힘을 주는 버릇이 생긴 것 같기도 하다. 요즘도 취기가 오르고 눈물이 나려는 순간마다 남편의 목소리가 귓가를 맴돈다. 입 꼬리가 명치에 닿겠다는 그 얄미운 목소리가.

보호자

독립을 기점으로 잔병치레가 늘었다. 제때 끼니를 챙겨 먹지 않은 탓이 컸다. 요리에 큰 관심이 없으니 밥을 해 먹은 적도, 해 먹어야겠단 생각을 해 본 적도 없다. 인스턴트를 먹기도 했고 주로 밖에서 사먹거나 그럴 여건이 되지 않으면 굶었다. 한 끼 정도 건너뛰어도 건강했으니까. 운동도 주변 산책을 하는 것이 전부였다. 그 정도만 해도 몸 상태가 그럭저럭 괜찮았다.

하지만 안일한 생각이었는지 종종 이유 없이 배가 아픈 날이 잦아졌다. 통증은 대부분 밤늦게 찾아왔다. 그럼 밤새 진통제로 버티다가 아침 일찍 병원에 갔다. 당연히 원인은 불규칙한

식습관과 스트레스. 나는 처방 받은 약만 부지런히 먹었고 시간이 조금 지나면 또 금세(일시적으로) 나았다.

하루는 도저히 진통제로는 버틸 수 없는 날이 있었다. 당시 친언니가 가까운 곳에 살고 있었는데, 너무 늦은 시간이라 전화 걸기 미안한 마음이 들었다. 그때 떠오른 사람이 지금의 남편이었다. 그는 신호음이 몇 번 울리기도 전에 전화를 받았고 한걸음에 달려왔다. 우리는 가까운 응급실로 향했다.

"몇 가지 검사를 받아야 하는데, 보호자 되세요?"

대기좌석에 몸을 웅크리고 있던 나는 그 질문을 듣고 당황했지만 남편은 조금의 망설임이 없었다. "네, 제가 보호자예요"라는 대답과 함께 침착하게 다음 절차를 밟았다. 그때 그 한마디가 왜 그렇게 든든하게 들렸는지 모르겠다. 나도 모르게 눈시울이 저절로 뜨거워졌다.

밥도 잘 먹고 잠도 잘 자는 요즘은 병원에 갈 일이 부쩍 줄었다. 임시 보호자에서 어엿한 보호자가 된 남편이 있어서인지 몸도, 마음도 안정됐나 보다. 그런데도 나는 종종 그 말이 듣고 싶어서 괜히 꾀병을 부리고 싶어진다.

굶어 죽진 않겠지만

　　남편의 대학시절로 말할 것 같으면 따로 책 한 권을 써야 할지도 모른다. 산 정상에서 파인애플도 팔았고 자전거 한 대로 전국 일주도 했다. 홀로 한라산 등반도 했고 밤새도록 캠핑을 즐기기도 했다. 연애할 때는 뭐 이렇게 즉흥적이고 때로는 무모한 사람이 다 있나 싶었는데, 결혼하고 보니 어디에 던져놔도 굶어 죽지 않을 사람이라 안심이다. 어떤 시련이 닥치더라도 잘 이겨내겠지 싶다.

반면 나는 그때나 지금이나 무모함과 거리가 있는 사람이다. 남편을 보면서 묘한 쾌감 혹은 대리만족을 느끼기도 하지만 남자친구가 아닌 남편이 된 지금, 또 뭔가 희한한 걸 하겠다고 하면 가만두지 않을 거다.

이기적인 마누라

재작년 겨울. 병원비 명세서를 확인하다가 깜짝 놀라고 말았다. 1년 동안 진료받은 내용을 보니 내 월급의 한 달치는 고스란히 약을 사는 데 썼다. 병명은 또 얼마나 다양한지 두통, 복통, 치통까지 구석구석 안 아픈 데가 없을 정도였다. 사계절을 함께 보낸 동료들의 말에 의하면 나만큼 다양하게 병원을 찾는 사람도 없는 것 같다고 했다.

얼마 전부터 신경치료를 끝낸 이가 다시 아파졌다. 치료를 받는 동안 하루도 거르지 않고 악몽을 꿨다. 내가 가장 질색하는 치과 기계 소리와 마스크를 쓴 누군가에게 시달리는 꿈이었다. 왜 치아는 하나하나 나뉘어 있는 건지, 그냥 통으로 이어져 있다면 음식물이 끼거나 썩는 일은 없을 텐데. 아니, 애초에 이런 연약한 재료로 세상의 맛있는 음식들을 먹게 하는 건 부조리한 일이다. TV에서 지겹도록 나오는 333 칫솔질도 매일, 남들은 귀찮아서 건너뛰는 치실도 매일 착실하게 쓰는데 왜 나만 이렇게 치통에 시달려야 하나 싶어 억울했다.

아픈 이가 잠잠해지자 어지럼증이 왔다. 앉았다 일어나면 주변이 전부 쏟아질 듯 뱅글뱅글 돌았다. 병들끼리 릴레이라도 하는 건가? 실비 보험에 가입할 때 만난 플래너에게서 전화가 왔다. 따뜻한 차 한잔하시라며 커피 전문점의 기프티콘도 보냈다. 친절한 말투 뒤에 왠지 '그만 좀 아파줘'라는 말이 숨겨져 있는 것 같았다. 블랙리스트에 올라간 건 아닌지 걱정스러웠다.

진단서를 본 남편은 한숨을 푹 쉬었다. 걸어 다니는 종합병원이 이렇게 가까이 있을 줄은 몰랐을 것이다. 연애할 때는 밤새 과제하고 술 먹어도 팔팔했던 여자친구가 결혼하니 매일 빌빌거리기만 했다. 나는 이제 돌봐줄 사람이 생겨서 그런가 보다고, 혼자 살 때는 함부로 아프지도 못했다고 너스레를 떨었다. 남편도 혼자 살기는 마찬가지였는데, 일 년에 감기 한 번 잘 걸리지 않는 그를 보면 나는 내심 미안한 기분이 들었다. 각자가 건강을 챙기는 것은 곧 서로를 위한 일이기도 한데, 내 몸 하나 제대로 간수하지 못해 자꾸만 걱정을 끼치고 있었다.

이 와중에도 안심이 되는 건, 골골대는 쪽이 남편이 아닌 나라는 것이다. 내가 의지하고 있는 이 사람이 나보다 건강하다는 사실에 마음이 놓인다. 3년 차 새댁이 할 생각은 아닌 것 같지만 나는 남편 없이 혼자 살게 되는 것에 필요 이상의 두려움을 느낀다. 걱정거리는 꼭 남편에게 털어놔야 해결되는 내가, 남편 없이는 잠도 제대로 못 자는 내가 세상에 혼자 남게 된다면 그것보다 더한 비극은 없는 것 같아서다. 그래서 이기적인 마누라는 오늘도 남편을 붙들고 말한다.

님아, 부디 나보다 먼저 가지 마오.

둘째
33
년
차

한 동네에 살면서 차곡차곡 쌓아온
오랜 풍경에 대하여

언니, 나, 남동생은 한 동네에서 나고 자랐다. 자그마치 20년이 넘는 시간 동안 같은 장소에서 함께 추억을 쌓았다. 하지만 지금은 나를 제외한 모든 가족이 제주도에 살고 있어, 많아야 한 달에 한 번밖에 보지 못한다. 이렇게 멀리 떨어져 살 줄 알았다면 가까이에 있을 때 조금 더 잘해줄 걸. 비행기를 타야만 가족을 볼 수 있다는 사실이 아직 어색하다.

같은 환경에서 자랐지만 우리 셋은 아주 다르다. 언니는 여리면서도 똑 부러지는 면이 있고 동생은 넉살이 좋아 누구와도 큰 트러블 없이 잘 지낸다. 그 사이에서 나름대로 예술 좀 했다고 다소 감정적인 사람이 나다. 이런 성격 때문에 10대 시절엔 형제들과 자주 부딪쳤다. 20대엔 서로 바빴고, 30대에 접어든 후에야 점점 애틋한 사이가 되어간다. 졸업, 취업, 결혼이라는 삶의 과제를 하나하나 마주할 때면 내게 진심 어린 이야기를 해 줄 사람은 가장 가까이에 있는 형제라고 느낀다. 누군가는 둘째이기 때문에 위, 아래에 끼어 서러울 때가 있지 않으냐고 묻지만 오히려 반대다. 언니에겐 '언니'가 없고, 동생에겐 '동생'이 없으니까. 언니와 동생이 다 있는 나는 복 받은 둘째라고 생각한다.

언니와 동생이 없었다면 많은 생각과 고민을 누구와 나누며 살았을까. 지금껏 많은 행운과 마주쳤지만 나는 우리 가족 안에서, 우리 동네 안에서 자라난 걸 생애 가장 큰 행운으로 삼고 산다.

모녀 여행

　　지금 다니는 회사로 이직이 확정되던 날, 선물 같은 2주의 여유가 생겼다. 이참에 이런저런 핑계로 미루기만 했던 혼행(혼자 하는 여행)에 도전하고 싶었다. 비장한 각오로 이탈리아 여행을 결정했다. 그런데 비행기 티켓 값과 이탈리아의 물가를 알아보다가 가방을 통째로 도둑맞았다는 후기를 여러 번 보게 됐다. 겁이 났다. 독일로 목적지를 변경했다. 너무 심심해서 술만 마셨다는 후기를 읽었다. 아름답다고 함께 감탄할 대상도, 맛있다고 함께 맞장구쳐 줄 대상도 없으니 뭘 해도 감흥이 없다고 했다. 장거리 여행은 결코 혼자 갈 게 못 된다는 말도 덧붙여져 있었다. 그래, 홀로 부산에도 가본 적 없는 내가 유럽은 무슨. 소박하게 국내부터 시작해볼까, 아니면 아시아 지역으로 갈까? 한없이 부풀었던 혼행의 꿈을 미련 없이 접고 가까운 지역으로 후보를 좁혔다. 장거리는 No. 낯선 지역도 No. 같이 갈 대상도 물색했다. 바빠서 휴가를 쓸 수 없는 남편을 제외하고 나니 함께 떠나고 싶은 사람이 단번에 떠올랐다. 엄마였다. 엄마는 친구와 일본 여행을 떠나려고 여권을 만들었지만 일정이 꼬이는 바람에 장롱 속에 묵혀두는 중이었다. 계획대로라면 그때가 첫 해외여행이 되었을 텐데 이곳저곳 구경하기 좋아하는 엄마가 이제야 처음 해외에 나가 보다니. 장거리 비행은 싫다던 엄마의 말을 나는 늘 핑곗거리로 삼으며, 함께 떠나볼 시도조차 하지 않았다. 두세 시간밖에 걸리지 않는 거리에도 좋은 곳이 많은데 그동안 뭘 하고 살아온 걸까 한심했다. 엄마와 여행 일정을 맞추고 부랴부랴 비행기 표와 숙소를 검색했다. 번화가에서 가까운 곳으로, 맛집이 즐비한 곳으로, 그맘때쯤 열릴 성대한 축제를 가까이에서 볼 수 있는 곳으로. 그렇게 우리의 목적지를 태국으로 확정했다.

태국의 4월은 더운 기운이 있는 날씨였지만 다니기에 불편한 정도는 아니었다. 다만 누군가가 계획한 스케줄에 맞춰 여행해 왔던 나이기에 엄마를 리드하며 잘 다닐 수 있을까 잔뜩 긴장했다. 행여나 예약이 제대로 되지 않았으면 어쩌나, 택시가 엉

뚱한 곳에서 내려주면 어쩌나. 내색은 안 했지만 비행기에서 내리는 순간부터 경계를 풀지 않았다. 다행히 별 탈 없이 숙소에 도착했고 엄마도 그곳을 퍽 마음에 들어 했다. 짐을 풀자마자 엄마에게 단출한 일정표를 건네며 이번 여행의 목적을 이야기했다.

"엄마의 첫 해외여행 테마는 휴양이야. 무조건 1일 1마사지. 퇴직금도 있으니까 1일 2마사지도 가능! 잘 먹고 잘 쉬다 가는 거야."

낯선 곳에 가면 2만 보, 많게는 3만 보씩 걷는 나의 뚜벅이 여행 스타일을 이곳에선 모조리 잊었다. 엄마의 첫 해외여행을 성공적으로 마무리하는 게 목표였다. 신혼여행 때 남편을 하도 여기저기 데리고 다니는 바람에 10시간 넘게 곯아떨어지게 만든 전적이 있으므로 숙소 근처 위주로 여유롭게 일정을 짰다. 그런데 이게 웬걸. 지쳐서 나가떨어지는 쪽은 엄마가 아니라 나였다. 온종일 걸어도, 축제 내내 뛰어 놀아도 엄마는 피곤한 기색 하나 없었다. 일 년에 한 번, 태국에서 열리는 송크란 축제는 물총 싸움으로 유명한데 엄마는 금세 축제 속 무리와 하나가 되었다. 나의 괴물 체력은 엄마가 물려준 것임에 틀림없었다. 여행의 마지막 밤, 우리 모녀는 다리 곳곳에 파스를 붙이고 잠 들었다. 아침에는 마지막으로 한 번 더 마사지 숍에 들러 몸을 풀었다. 여행지에 오면 골목 구석구석 다 들여다봐야 직성이 풀리는 것도, 이 가게 저 가게에서 조금씩 맛보기를 좋아하는 것도 전부 엄마를 닮았던 거구나 싶었다. 단둘이 오지 않았다 면 평생 몰랐을 것이다. 내년에는 조금 더 먼 곳으로, 조금 더 빡빡한 일정으로 여행을 떠나도 괜찮을 것 같았다. 돌아오는 비행기 안에서 우리는 다음 목적지를 떠올려봤다.

단언컨대, 그 여행은 하루 4만 보까지 달성할 수 있을 것이다.

언니 잘 둔 덕

1987년 11월, 내가 태어났다. 며칠 뒤 언니는 아빠의 손을 잡고 산부인과를 찾았다. 신기한 눈으로 나를 한참 바라보던 언니는 며칠 더 입원해야 하는 엄마와 인사를 나누고 돌아오는 길에 별안간 눈물을 뚝뚝 흘렸다. 아빠와 단둘이 있는 차 안에서 4살의 언니는 이렇게 말했다.

"아빠는 아직 나를 사랑하세요?"

모든 사랑을 독차지했던 외동딸이 하루아침에 장녀가 되었으니 혼란스러웠을 법도 하다. 누구든 애지중지 지켜줘야만 할 것 같은 아기가 나의 경계 대상이라니 울컥했을 마음도 이해한다. 하지만 부모의 사랑을 전부 빼앗길까 봐 두려울 정도라면 나를 미워하는 게 당연한데 언니는 한 번도 그러지 않았다. 나의 어린 시절 사진만 보더라도 언니는 늘 내 곁에서 행복하게 웃고 있었다.

언니가 생애 첫 등교를 앞둔 날, 부모님은 언니에게 새 책상, 새 가방, 새 옷을 사주었다. 아직도 생생하게 기억나는 회색 책상은 연필로 낙서를 해도 지우개로 말끔히 지워지는 재질이었다. 언니와 4살 차이인 나는 이제 겨우 단어를 떼기 시작한 때였는데, 멋지게 갖춰 입고 학교에 가는 언니가 부러워 나도 똑같은 걸 사달라고 칭얼댔다. 의자에 앉으면 책상에 손이 닿지도 않으면서 언니가 하는 건 다 따라 하고 싶었다. 결국 언니의 책상과 똑같은 책상이 그 옆에 나란히 자리를 잡았다. 내가 언니였다면 조금 얄미웠을지도 모르겠다. 보통 첫째가 둘째에게 물건을 물려주는 경우가 많은데 자신과 똑같이 새 것을 갖다니. 하지만 언니는 아무런 내색을 하지 않았다. 단지 언니도 태어나서 처음 경험하는 것들을 매번 동생들과 함께 공유했다.

그래서인지 나는 늘 또래보다 적어도 반보 이상 앞선 느낌이었다. TV 속 연예인만 하더라도 서태지와 아이들이나 젝스키스, H.O.T.를 일찌감치 알고 있었다. 친구끼리 쓰는 우정 다이어리도 언니를 통해 알았다. 언니가 학교 간 사이에 몰래 훔쳐보다가 혼쭐 난 적도 있지만 덕분에 세상에 조금 일찍 적응했다. '아, 나도 저 나이가 되면 저런 경험을 하겠구나' '나도 저 시기가 되면 저런 준비들을 해야 하는구나' 하면서.

어느덧 엄마가 된 언니의 삶은 내겐 항상 미리 보기다. 앞으로 내 삶은 어떻게 달라질지 언니의 삶을 먼발치에서 바라보며 조심스레 추측해본다. 그때마다 앞서 걷는 사람이 있다는 사실에 안도한다. 조심성 많은 내가 첫째로 태어났다면 매번 새로 닥치는 일에 겁부터 먹었을 테니까. 어쩌면 많은 일에 도전조차 하지 못했을지도 모른다. 내가 이따금씩 겁 없이 뛰어들 수 있는 건 분명 나보다 이 세상을 먼저 경험한 누군가가 있었기 때문일 것이다. 그래, 이게 다 언니 잘 만난 덕이다.

혈연과 주酒연

    우리 삼남매의 나이 차이는 언니와 내가 4살, 나와 동생이 2살 터울이다. 셋이 나란히 서 있으면 남매라는 걸 누구나 알아챌 만큼 닮았지만 성향이나 성격은 한 배에서 나온 게 맞나 싶을 정도로 다르다. 전공만 봐도 그렇다. 언니는 법대, 나는 미대, 동생은 경영대. 입맛까지 보면 더 그렇다. 언니는 고기파, 나는 해물파, 동생은 패스트푸드파. 그런 우리 남매가 끈끈한 우애를 유지할 수 있는 건 아마도 술. 끈끈한 주연酒緣 덕분일 것이다.

동생이 성인이 되자 우리 셋은 술자리를 자주 가졌다. 당시 살던 동네에는 유난히 입맛에 맞는 가게들이 많았는데 그중에서도 우리는 오뎅 바와 오징어 횟집의 단골이었다. 처음엔 누가 가장 잘 마시는지 판가름을 내릴 수 없을 만큼 주량이 비슷했다. 그런데 어느 날부턴가 동생이 승자가 되는 날이 많아졌고, 여기저기 불려 다니는 신세가 되었다. 근처 다른 곳에서 얼큰하게 취한 누나들이 집에 갈 때만 되면 동생 사랑이 지극해지는 것이다.

"동생아, 어디니. 누나 좀 데리러 오렴."

혀가 다 풀린 채로 말하면 동생은 온갖 짜증을 부리면서도 꼭 데리러 왔다. 신발도 제대로 벗지 못하는 누나를 침대까지 모셔다드리는 것도 동생 몫이었다. 그때까지만 해도 우린 확신했다. 미래의 신랑들도 분명 술 깨나 좋아하는 사람들일 거라고. 이 다음에 다 같이 한잔하면 좋겠다고 말이다. 내심 동생도 기대했을 것이다. 본인이 묵묵히 해오던 일을 인수인계할 생각에. 결혼 5년 차, 3년 차에 접어든 두 누나와 남동생은 여전히 셋이서 술자리를 갖는 날이 많다. 공교롭게도 첫째 매형, 둘째 매형 모두 술을 한 잔도 입에 대지 않는 사람들이었다. 술 대신 콜라를 좋아하는 것까지 둘이 똑 닮아 있다. 가끔 두 누나와 두 매형 그리고 동생이 함께 모이는 자리면 매형들은 사이좋게 콜라를 나눠 마신다. 2차는 삼남매끼리 한잔하고 오라며 자리까지 비켜준다. 이러니 남매 사이가 더 끈끈해질 수밖에.

엄마는 농담 반, 진담 반으로 사위들이 술로 속 썩이지 않아서 좋다고 말한다. 하지만 술이 좋은 누나들은 아직 포기하지 않았다. 미래의 올케에게 조심스레 기대를 걸어본다.

옛 동네가 30년 만에 재개발에 들어갔다.
그 동네에 살 적엔 그렇게 바라던 일이었는데,
지금은 그저 아쉬움만 남는다.
옛 동네의 풍경은 이제 사진 속에만 있다.

남편도 모르는 비밀

본가에 오면 허물 벗듯 옷을 던져두는 누나.
주말마다 소파와 한 몸이 되는 누나.
볼 때마다 나 살쪘냐고 묻는 누나.
그러면서 먹는 양을 절대 줄이지 않는 누나.
말 안 들으면 공격력이 높아지는 누나.
지면에 다 적을 수 없을 만큼 다중적인 얼굴을 드러내는 누나.

어쩌면 남편보다
나를 더 잘 아는 남자는 남동생일지도.

낯간지러운 사이

내 글을 처음 올린 곳은 글쓰기 플랫폼으로 잘 알려진 한 온라인 사이트다. 평소 틈틈이 메모해둔 글을 정리해 보니 분량이 제법 많았고, 글을 통해 나와 비슷한 생각을 가진 사람들과 이야기를 나누고 싶었다. 부담 없이 글을 쓰고 싶어 필명을 사용했다. 혹시 누가 볼까 하는 걱정이 없어지니 마음이 한결 편안했다. 그렇게 솔직하고도 자유롭게 내 이야기를 한 편, 두 편 써오다가 어느 날 사이트에서 주최하는 출간 프로젝트에 덜컥 대상을 받았다. 운이 좋아 에세이 책을 내게 되었고, 표지엔 내 본명 석 자가 고스란히 실렸다.

책의 원고를 쓸 때까지만 해도 가족들에게 선뜻 말을 꺼내지 못했다. 집에선 한없이 예민한 내가 감성 가득한 에세이를 쓴다는 사실이 견딜 수 없이 쑥스러웠다. 가족 중 누구 하나 그런 생각을 할 리 없는데 스스로 괜한 염려를 하고 있었다. 그중에서도 동생에게 말하기가 가장 망설여졌다. 다정한 누나보다는 시니컬한 누나에 가까웠던 내가, 직접 쓴 책을 건네자니 자꾸 주저하게 되었다. 누나가 이렇게 감성이 풍부한 사람이었냐며 놀릴 것 같았다. 첫 책을 출간할 당시 동생은 군대에 있었고 나는 책이 나왔다는 소식만 슬쩍 전했다.

여느 날처럼 퇴근하던 중 문득 동생 생각이 나서 부대로 전화를 걸었다. 괴롭히는 사람은 없는지, 힘든 일은 없는지 그동안의 안부를 물었다. 이병이었던 동생은 어느덧 상병이 되어 있었다. 나는 시간이 참 빠르게 흐른다고 했다. 동생은 군인들이 제일 싫어하는 말이라며 핀잔을 줬고 나는 머쓱하게 웃었다. 그때 동생이 지나가는 말로 책 이야기를 꺼냈다.

"책 잘 봤어. 재밌더라."

순간 얼굴이 화끈거렸다. 동생은 부대로 책을 주문해서 읽었다고 했다. 기분이 묘했다. 매번 투닥거리기 바빴던 우리 사이에 이런 가슴 따뜻한 대화가 오갈 수 있다니. 유난히 쑥스럽게 느껴지는 몇 문장이 떠올랐지만 얼른 그 생각을 지웠다. 책을 읽어주었다는 사실이 더 중요했다. 가장 친밀한 사이면서도 막상 진심을 전하기 어려운 존재가 가족이었는데, 또 진심이 오갈 때 가장 감동적인 존재도 가족이었다. 치고 받고 싸우기만 했던 동생이 이런 말을 해주다니. 제대로 인정받은 느낌이었다. 이번 책에는 너의 이야기도 싣게 되었다고 꼭 말해줄 참이다. 솔직한 감성은 더하고 과한 감성은 조금 덜어서.

일요일엔 화덕피자

　어릴 때 살던 곳은 숫자가 차례대로 매겨진 아파트들이 하나의 거대한 단지를 이룬 곳이었다. 네 개의 동마다 놀이터가 하나씩 있고 좀 더 걸어가면 수풀이 우거진 공원도 있는 그런 곳이었다. 중간 지점엔 나무로 지은 정자도 있어 여름이 되면 그곳에 누워 매미의 울음소리를 듣곤 했다.
동생이 초등학교에 입학하면서부터 그 공원을 지나칠 일이 부쩍 늘었다. 일요일 저녁마다 온 가족이 외식을 했기 때문이다. 공원을 지나면 다섯 식구가 나눠 먹기에 딱 좋은 화덕피자 가게가 있었다. 항상 음식을 넉넉하게 시켜주는 아빠 덕에 볼살이 통통하게 올라 있던 시절이었다. 음식에 있어 언제나 통이 큰 마음가짐은 어릴 때부터 길러진 것이었다.

"어떻게 모든 끼니에 최선을 다할 수 있지?"

남편이 정말 궁금하다는 표정으로 물은 적이 있다. 나는 그 말을 듣고 웃음을 터뜨렸다. 하긴 나와 연애하기 전까지만 해도 끼니는 그냥 때우는 거라고 생각하던 사람이니 이런 내가 신기했을 법하다. 오늘은 뭘 먹을지, 또 내일은 뭘 먹을지 매번 초롱초롱한 눈으로 묻는 내게 그도 조금씩 익숙해졌고 나보다 더 외식을 선호하게 되었다.

결국 새로 꾸린 나의 가정에서도 일요일은 외식하는 날이 되었다. 신기한 것은 어린 시절 그때처럼 내 입맛에 딱 맞는 화덕피자 가게를 찾게 되었다는 점이다. 달라진 게 있다면 피자 가게까지 나란히 걷는 일도, 내가 좋아하는 공원에 잠시 머물렀다 가는 일도 사라졌다는 것이다. 주말엔 아무것도 하지 않고 가만히 있고 싶어서 주로 배달 주문을 한다. 바쁜 직장인이 되어 보니 주말마다 외식하는 게 은근히 수고스러운 일이라는 걸 깨달았다. 얼마만큼의 마음과 부지런함이 있어야 가능한 일인지도 알게 됐다. 매주 같은 요일, 같은 시간에 가족들과 외식을 한다는 건 생각보다 무척 어려운 일이니까.

내가 화덕피자를 이토록 좋아하는 건 분명 맛 때문만은 아니다. 어린 시절의 그 피자 가게가 없어졌을 때 그토록 아쉬웠던 것도 대단한 맛집이었기 때문만은 아닐 것이다.

나의 부적

'그래, 알았다.'
'그래, 수고했다.'
'그래, 고맙다.'

자동 완성 문장인가 싶을 정도로
짤막한 아빠의 문자 속에서도
유난히 길고 깊은 문장이 있다.

'그래, 우리 수현인 잘 해낼 거야.'

서른에 갖게 된 이름

2016년 2월 8일, 작은 울음소리 하나가 주위의 공기를 바꿔놓았다. 가족의 표정을 바꾸고 이내 일상까지 송두리째 바꿨다. 그날 나는 '이모'라는 이름을 처음 갖게 되었다.

종종 그때의 기분에 대해 묻는 이들이 있다. 조카가 생기니 어떠냐고, 이모가 된 기분은 또 어떠냐고. 솔직히 처음엔 두려웠고 지금은 한없이 행복하다. 두려웠던 이유는 이모라는 이 귀한 이름을 냉큼 가져도 되나 싶어서였다. '새잎'이라는 태명으로 생겨난 자그마한 점이 이렇게 내 눈앞에 나타나기까지 나는 아무것도 한 일이 없었다. 누구도 정해두지 않은 '이모의 자격'에 대해 심각하게 고민하기도 했다. 아마 앞으로도 계속 고민할 테지만.

조카와 놀아주며 눈이 마주칠 때마다 생각한다. 적어도 부끄러운 이모는 되지 말자고. 자랑스러운 이모까지 되면 더할 나위 없이 기쁘겠지만 말이다. 묵묵히 나의 일을 해내는 모습, 그 자체만으로도 조카에게 좋은 이모가 될 수 있지 않을까 기대한다. 너무 앞서가는 거 아니냐고 생각할 수도 있지만, 조카가 더 자라서 나라는 사람의 느낌이나 이미지들을 머릿속에 제대로 인식하기 전에 서둘러 '짠' 하며 멋진 사람이 되어 있고 싶다. 자식 생기면 철든다는 말엔 한 가지 중요한 사실이 빠져 있다. 나처럼 조카 덕에 철드는 이모도 있다.

닭발에 케이크

　　언니는 조카를 처음 가졌을 때, 좋아하지도 않던 밀가루를 찾기 시작했다. 빵이라면 삼시 세끼에 간식까지 먹을 수 있는 사람이 나였으므로 조카가 내 입맛을 닮은 것이 분명하다고 생각했다. 그래서 조카가 태어나기 전부터 같이 케이크 먹으러 다니고 싶은 소망을 언니에게 종종 이야기하곤 했다. 그렇게 한참 빵만 먹던 언니가 어느 날 불쑥 문자를 보냈다.

'닭발 먹으러 갈래?'

눈을 의심했다. 닭발이라고? 그냥 닭 말고 닭발? 평소 쳐다보지도 않던 닭발을 찾다니. 오늘 당장 먹어야겠다는 말에 근처에 맛있는 닭발집을 수소문했다. 그리고 오픈 시간이 되자마자 가게 안으로 들어섰다. 매콤한 맛으로 2인분을 시키고 나니 갑자기 걱정이 밀려왔다. 우리 둘 다 먹어본 적 없는 음식인데 한 입도 못 대고 전부 남기는 게 아닐까? 먹을 만한 사이드 메뉴엔 무엇이 있나 메뉴판을 들여다보고 있을 때 새빨간 양념에 푹 익은 닭발이 나왔다. 나는 제대로 쳐다보지도 못했다. 그때, 같이 걱정하던 언니가 잔뜩 오므려져 있는 닭발 하나를 비장하게 집어 들었다. 그러곤 조심스레 한 입 베어 먹었다.

"이거 방금 내가 먹은 거 맞지?"

언니는 자신이 먹어 놓고도 믿을 수 없다는 표정으로 그렇게 두 개, 세 개, 다섯 개가 넘는 닭발을 깨끗이 발라먹었다. 나는 결국 한 입도 먹지 못했지만 언니가 먹는 것만 봐도 배불렀다. 모르는 사람이 봤으면 닭발을 기가 막히게 좋아하는 사람으로 오해했을지도 모른다.

그날 이후 언니가 다시 닭발을 찾는 일은 없다. 마치 그런 적 없었다는 듯, 예전으로 돌아왔다. 먹어본 적도 없고 맛을 알지도 못했던 닭발이 왜 그날 그토록 당겼던 건지 언니도 신기해한다. 어느덧 4살이 된 조카는 초콜릿에 푹 빠져 산다. 케이크도 조금씩 먹기 시작했다. 새로운 음식에 눈을 뜨는 조카를 볼 때면 언니가 조용히 닭발 접시를 비우던 날이 떠오른다. 언젠가 조카가 닭발 이야기를 꺼내는 날이 오지 않을까 싶어서다. 언니가 닭발을 먹게 만든 사람은 이 자그마한 아이가 분명한데, 정말 닭발을 이야기하는 순간이 오면 조카를 꼬드겨 볼 참이다. 너희 엄마가 그랬던 것처럼 네가 닭발을 실컷 먹을 때까지 묵묵히 기다려주겠다고. 대신 후식만큼은 꼭 케이크여야 한다고.

스마일 포장마차

　　내 20대의 절반은 술과 함께였다. 이제는 술만 마셨다 하면 바로 곯아떨어질 만큼 알코올 쓰레기가 되었지만 그땐 서너 병도 거뜬했다. 가는 곳마다 선배들에게 예쁨받았다. "얘가 그렇게 술을 잘 마신대." 이 한 마디면 어느 자리에나 쉽게 합류할 수 있었다. 그런 환경은 내게 '잘 마시는 게 잘 노는 것'이라 착각하게 만들었다. 술 잘 받는 체질도 한몫했다. 낮술이나 폭음을 해도 낯빛이 달라지지 않았다. 적당히 알딸딸한 기분으로 보내는 날들이 많았다.

내게 처음 술맛을 알게 해 준 곳은 동네에 있는 작은 실내 포장마차였다. 20평 남짓한 공간은 한쪽 다리가 흔들거리는 테이블과 플라스틱 의자로 채워져 있었다. 이름부터 특이한 오스떡

(오징어, 스파게티, 떡볶이의 줄임말)이 그 가게의 시그니처 메뉴였는데 소주와 먹기에 제격이었다. 금세 입소문이 났고 잡지와 신문에도 실렸다. 주당으로 소문난 연예인들이 하나둘 찾아오더니 꽤 이름난 포장마차로 자리 잡았다. 생각날 때마다 쓱 가던 곳이 점점 유명해지자 내심 아쉬운 마음이 들었지만 이후에도 부지런히 찾아갔다. 처음 본 사람도 수십 년 알고 지낸 사람처럼 편히 대해주는 종업원들 덕이었다. 어느 날은 주문한 메뉴보다 서비스로 나온 메뉴가 더 많았다. 그 정도로 풍성한 안주들이면 밤새 이야기를 나누고도 남았다. 아마도 그때 깨달았던 것 같다. 어른들이 왜 오랫동안 술자리를 떠나지 못하는지를. 했던 이야기를 왜 그렇게 하고 또 하는지를.

하지만 술과의 깊은 인연은 생각보다 짧았다. 취업과 함께 독립을 하면서부터였다. 출근해야 할 곳이 생기고, 일찍 일어나야 할 일이 잦아지니 술과 조금 거리를 두게 됐다. 적당히 마시는 법도 자연스레 배웠다. 취기 없이도 하고 싶은 말을 할 수 있게 되었고 커피를 마시고도 취한 것처럼 놀 수 있게 되었다. 술은 반드시 좋아하는 사람하고만 마시는 게 아니라는 걸 알아서일까. 사회생활을 시작한 후, 나는 애주가라는 타이틀에서 멀어졌다. 어느 정도 마실 줄 안다는 인상 정도면 충분했다. 이따금 자주 가던 그 포장마차가 생각나긴 했지만.

오랫동안 보지 못했던 포장마차를 우연히 마주쳤을 땐 무척 생경한 느낌이 들었다. 허름했던 외관은 새로 페인트칠을 했는지 말끔해졌고, 플라스틱 간판도 휘황찬란한 전자식으로 바뀌었다. 실내 흡연이 금지되어서인지 입구 앞에서 담배를 태우는 사람들도 보였다. 자정이 넘은 시간에도 전화 한 통에 바로 달려와 술 한 잔 기울이곤 했던 친구가 생각났다. 동네 친구 중 제일 먼저 엄마가 된 친구였다. 아마 두 아이는 소주잔을 부딪치던 엄마의 모습을 상상하지 못하겠지. 미래의 내 아이도 부디 모르길 바란다. 술에 취해 포장마차 문짝을 흔들어대던 내 모습을. 무슨 일이었는지도 기억나지 않을 만큼 사소한 일로 울고불고했던 내 모습을.

한때 술과 한 몸이었던 사람으로서 느끼는 바가 있다. 단골 가게 하나쯤 갖고 있으면 일상의 행복 또한 커질 수 있음을. 나의 추억이 곳곳에 묻어나는 곳, 곱씹고 또 곱씹어도 재미있기만 한 서로의 흑역사를 안주 삼는 곳, 2대, 3대째 계속 그 자리에 남아줬으면 하는 곳 말이다. 그런 가게에서는 굳이 주량을 넘지 않아도 기분 좋은 취기를 얻을 수 있다.

마카오 대소동

결혼하고 반년쯤 지난 언니와, 종강한 지 얼마 되지 않
은 동생, 남친과 이별한 지 2주도 되지 않은 내가 함께 여행을
떠나기로 한 것은 우연이었다. 셋이 맥주를 홀짝이다가 누군가
가 꺼낸 "우리끼리 여행 간 적 있나?"라는 가벼운 말이 홍콩 행
을 결심하게 했다. 여행지를 정하고 비행기 표를 결제하는 것
까지는 쉬웠다. 중국어를 잘하는 언니도 있으니 두려울 게 없
었다. 하지만 가장 큰 복병이 남아 있었다. 셋 중 누구도 여행
계획 세우는 것을 좋아하지 않는다는 점이었다. 그런데도 우리
는 홍콩에서 머무를 숙소와 기막힌 맛집, 마카오로 향하는 배
편과 카지노 관광까지 완벽하게 성공했다. 어떻게 그게 가능했
냐고? 우리에겐 야무져도 너무 야무진 형부가 있었다.

형부가 꼼꼼하게 짜준 계획표를 들고 우리 삼남매는 비행기에 올랐다. 언니는 전체적인 동선을 맡았고, 나는 사진 찍기와 걱정하기를 맡았다. 동생은 무한 긍정을 맡았다. 길을 잃거나 예상치 못한 위기상황이 와도 밝은 분위기를 유지할 수 있도록 말이다. 동생 같은 경우는 처음 떠난 해외여행이었으니 가능했다. 반면, 나는 어딜 가나 소매치기를 당하진 않을까, 가게 주인이 바가지 씌우진 않을까 전전긍긍했다. 한국에 있을 때보다 몇 배는 더 심각한 상태였다. 이 정도 걱정이면 뭐든 잃어버리지 않을 거란 확신이 있었다. 결국 모든 경비와 여권은 내가 갖고 있기로 했다.

3박 5일 내내 그 생각만 했던 탓일까. 홍콩에서 마카오로 간 날 한바탕 소동이 벌어지고 말았다. 한창 카지노에서 놀고 있던 내게 유니폼을 입은 여자가 다가왔다. 신분 확인차 여권을 보여줄 수 있냐고 했다. 내 것을 포함해 언니와 동생 것까지 갖고 있던 나는 순순히 그녀에게 여권을 넘겼다. 그런데 확인하고 다시 가져다주겠다던 여자는 20분이 지나도 나타나지 않았다. 갑자기 등골이 서늘해졌다. 손에 땀이 찼다. 나는 여자의 소속도 이름도 몰랐다. 소매치기를 걱정하던 내가 이런 바보 같은 짓을 저지르다니! 어째서 의심도 없이 여권을 홀랑 넘겨준 건지. 국제 미아가 될 일만 남아 있었다. 나는 얼굴이 새하얗게 질린 채 근처에 있던 직원을 붙들고 소리쳤다.

"I lost my passport!! Find her!!"

아직도 그 순간을 떠올리면 얼굴이 화끈거린다. 언니와 동생은 그때처럼 내가 영어 잘하는 순간을 본 적이 없다고 한다. 내가 다른 직원을 붙들고 소리치는 순간, 저 멀리서 걸어오는 여자와 눈이 마주쳤다. 두 손에는 세 개의 여권이 가지런히 포개져 있었다. 눈물이 그렁그렁한 나를 보고 여자는 깜짝 놀라 달려왔다. 언니와 동생도 마찬가지였다. 그녀가 여권을 건네자마자 다리에 힘이 풀려 주저 앉고 말았다. "네가 내 여권 훔쳐 간 줄 알았잖아!"라고 차마 말할 수 없었다.

다가오는 여름, 우리 삼남매는 두 번째 여행을 떠나기로 했다. 이번엔 대만이다. 비행기도 호텔도 예약하기 전이지만 여권을 보관할 사람은 이미 정해졌다. 언니이거나 동생이거나.

자매의 취향

언니가 있는 친구들은 언니와 옷 문제로 다투는 일이 많다. 오늘 입으려던 옷을 언니가 입고 가버렸다느니, 언니가 내 신발을 신고 나가서 스크래치만 잔뜩 내고 들어왔다느니. 다투는 이유도 그렇게 다양할 수 없다. 자매 사이에 벌어지는 사건에서 내가 공감하지 못하는 상황은 그때뿐이다. 언니와 나는 옷 문제로 부딪힌 적이 한 번도 없다. 취향이 달라도 너무 달라서다.

언니는 고등학교 때부터 화장하기를 좋아했다. 나는 대학교 졸업반 때까지 아이라인 하나 잘 그리지 않았다. 원피스와 코트가 한가득 걸려 있는 언니의 옷장에 비하면 나는 사내아이의 옷장 같았다. 캐주얼 점퍼와 청바지가 주를 이뤘다. 신발도 마찬가지였다. 언니 발엔 늘 하이힐이 신겨져 있었다. 내 발은 주로 운동화 속에 있었다. 그래서 다른 자매들에 비해 다툴 일이 적었다. 입는 옷부터 자주 쓰는 화장품까지 겹치는 거라곤 단 하나도 없으니까. 닮은 점은 생김새와 목소리뿐이었다.

그런 우리의 모습이 조금씩 비슷해지기 시작한 건 언니가 조카를 낳은 후부터다. 요즘은 청바지 차림의 언니를 자주 본다. 단화나 운동화를 신는 일도 잦다. 가끔 미팅이나 세미나가 있을 때는 예전 스타일대로 입지만 평상시의 뒷모습을 보면 나조차도 나인가 싶을 정도로 닮았다.

최근엔 내가 자주 찾는 브랜드도 알려주었다. 예전 같았으면 관심 두지 않았을 언니도 제법 눈여겨본다. 그럴 때면 나도 아이를 낳은 후엔 지금과 조금 달라질까 궁금해진다. 평생 쳐다본 적 없는 화려한 원피스를 입기도 할까? 한 번도 로망인 적 없는 하이힐도 신어보게 될까? 아무리 생각해도 그런 일은 일어나지 않을 것 같다.

두 사람 몫의 집안일을 하는 것도 이렇게 정신이 없는데,
엄마는 어떻게 다섯 식구의 몫을 완벽히 해낸 건지.
엄마, 등교할 때마다 교복 넥타이 잃어버려서 죄송해요.
샤워할 때마다 수건 두세 장씩 써서 죄송해요.

1층의 특권

　1층 집에 대한 로망이 있다. 생활 소음이 심하다고 다들 기피하는 위치를 나는 그 이유로 좋아했다. 특히 1층의 봄과 여름은 그렇게 낭만적일 수 없다.

어릴 때 우리 집은 1층이었다. 여름이 되면 엄마는 거실 창문을 활짝 열어놓곤 했다. 그러면 단지 앞 푸른 잎들이 눈앞에 펼쳐지고, 한여름이 되면 손만 뻗어도 나뭇잎이 닿았다. 봄과 여름을 유독 좋아하는 이유도 이것 때문인 것 같다. 신선놀음 저리 가라였다. 창문 하나를 두고 매미의 울음소리, 풀벌레 소리를 원 없이 들었다. 차가 많지 않은 아파트 단지여서 집에만 있어도 마치 공원에 누워 있는 것만 같았다.

그뿐인가. 도로 위를 걷는 사람들의 눈높이와 거실 바닥에 널브러져 있는 내 눈높이는 더할 나위 없이 딱 맞았다. 거리도 제법 가까워 지나가는 사람들의 대화가 들릴 정도였다. 어느 날은 우리 반 아이들이 지나가며 내 이야기를 했다. "여기 손수현네 집이잖아." "등교하기 엄청 편하겠네." 이런 내용이었다. 그들 말대로 우리 집은 등교하기 좋은 위치에 있었다. 집에서 누군가의 이름을 크게 부르면 학교까지 들릴 정도로 가까웠다. 엄마도 나도 아파트 복도에서 참 많은 사람의 이름을 불렀다. 엄마는 우리 삼남매의 이름을, 나는 함께 등교하던 친구들의 이름을 매일같이 불러댔다.

꼬박 20년을 1층에서 살다가 독립하고 13층이란 높은 위치에 살았던 적이 있다. 복도식 아파트도 아니었다. 주변엔 온통 도로뿐이고 문을 열면 하늘밖에 보이지 않았다. 같은 눈높이에 있던 사람들은 개미만큼 작아졌다. 창문을 여는 일은 오직 환기할 때뿐이었다. 밖을 보는 일도 줄어들었다.

결혼하고서야 다시 4층이란 낮은 층수에 살게 되었다. 창문을 열면 놀이터가 훤히 보인다는 점이 마음에 들었다. 미끄럼틀 위엔 계절마다 나뭇잎과 함박눈이 소복하게 쌓였다. 남들은 높은 위치에 살고 싶어 안달인데 나는 여전히 1층에 살고 싶다는

둘째 33년 차

생각을 한다. 아직 아이 가질 생각도 없으면서 저녁 밥상을 차려놓고 복도에 서서 "밥 먹으렴" 하고 불러보고 싶은 로망은 있다. 그만큼 그 소소한 순간이 좋았다. 앞치마를 두른 엄마가 저녁 먹으라며 내 이름을 부르던 모습이.

물론 그 로망은 요리 담당인 우리 남편이 실현해 줄 게 분명하다.

그릇을 보면 안다

　　설거지를 하다 알게 된 사실이 있다. 우리 아빠는 밥을 다 먹고 나면 꼭 밥그릇에 물을 부어두는 습관이 있다는 것. 어린 시절엔 마시다 남은 물을 부어둔 거라 생각했는데 머리가 크고 나서야 눌어 붙은 밥알을 설거지하기 편하도록 불려두는 것임을 알았다.

집에서 설거지를 담당하는 나는 그 마음이 사소한 것이 아님을 안다. 그래서 남편이 그마저도 하지 않는 날은 괜히 꿍하게 되는 마음도 어쩔 수 없고.

둘째의 비애

둘째라서 서러웠던 기억도, 아쉬웠던 기억도 없다. 어떤 것이든 똑같이 셋으로 나눠서 가졌다. 입는 것, 먹는 것 모두 마찬가지였다. 오히려 첫째인 언니에게 미안할 정도였다.

사람들의 반응에 황당했던 적은 많다. 뭘 해도 둘째라는 사실과 엮어서 생각하는 사람들이 있다. 내가 무심코 한 행동들도 둘째라서 눈치가 빠르다든가, 둘째라서 양보를 잘한다든가 하는 결론이 난다. 꼭 둘째여서 그런 게 아닌데 근거 없는 추측이 이어진다.

아이러니한 것은 그런 말을 하는 사람 대부분이 둘째가 아니라는 점이다. 어떻게 둘째보다 둘째의 마음을 더 잘 아는지 신기할 따름이다.

둘째의 성향

　　내 휴대폰 속엔 여자들만 14명씩이나 모여 있는 단체 채팅방이 있다. 모두 중학교 3학년 때 친해진 친구들이다. 친구의 친구가 내 친구가 되고, 또 그 친구의 친구가 친구로 연결되면서 순식간에 14명이라는 거대 집단이 되었다. 그 많은 인원이 함께 밥을 먹고 영화도 보고 사진도 찍으러 갔다. 어떻게 한 명도 빠짐없이 매번 착실히 모였나 싶다. 학창시절의 99%는 이 친구들과 함께였다고 해도 과언이 아니다.

그만큼 서로에 대해 모르는 게 없는데 14명 중 12명이 둘째라는 사실은 꽤 시간이 흐른 뒤에 알았다. 둘째라서 특별히 다를 것도, 같을 것도 없을 거라 단언했던 나도 이때는 살짝 갸우뚱했다. 미리 알고 친해진 것도 아닌데 어떻게 둘째끼리 똘

똘 뭉칠 수 있는지 신기했다. 둘째끼리 유독 잘 통하는 무언가가 있는 걸까?

이 친구들과 함께한 10년 동안 찾은 공통점이라고는 단체 생활에 강하다는 것 정도다. 그마저도 14명이 함께 지내다 보니 저절로 숙련된 것인지도 모르지만, 여전히 내 주위엔 둘째가 많다. 사회에서도 가까이 지내는 사람들 대부분이 둘째다. 뭔지는 몰라도 둘째만의 성향이 있긴 한가 보다.

우리 집 잔소리꾼

　우리 집에서 제일가는 잔소리꾼은 나다. 언제부터 이 증세가 시작됐는지 모르겠지만 가끔은 나도 나를 통제할 수 없을 만큼 잔소리를 한다.

　과거에는 주로 동생을 향하던 잔소리가 결혼하고부터는 부쩍 엄마에게 집중되고 있다. 며칠 지나고 나면 왜 그런 쓸데없는 소릴 했을까 반성하면서도 금세 잊고 또 폭풍 잔소리를 한다. 잘 먹고 잘 쉬어야 한다는 이야기가 대부분인데 가만 생각하면 전부 엄마가 내게 했던 말이다. 엄마도 이 사실을 깨닫는다면 아차 싶을 수도 있다. '딸내미가 이렇게 잔소리할 줄 알았더라면 나도 실컷 좀 해둘 것' 싶을 게 분명하다. 잔소리를 많이 하지 않는 엄마라서 더 억울할지도 모르겠다.

"잔소리 좀 그만해. 네가 걱정하지 않아도 어머님 잘 지내셔."

내가 잔소리를 할 때마다 싹을 자르는 사람은 남편이다. 맞는 말만 골라 하기 때문에 반박할 방도가 없다. 밥도 제때 안 먹고, 잠도 제때 안 자는 나를 잘 아는 사람이니 금세 입을 다물게 된다. '그래, 나나 잘해야지. 우리 집에서 나만 잘하면 되지'라며 한탄 섞인 반성까지 한다.

서른에 접어든 나는, 매일같이 "밥 먹었니?" "아픈 데 없니?" "잠은 푹 잤니?" 묻던 엄마의 마음을 절절히 공감한다. 같은 마음으로 주변 사람들을 살필 수 있게 됐다. 다 자란 줄만 알았던 내가 또 이렇게 조금씩 자라고 있다. 이제 듣기 싫은 잔소리를 예쁘게 포장할 스킬이 필요한 시점이다.

때때로 밖에서 해결하지 못한 스트레스를
집까지 갖고 들어올 때,
가족들이 멀리 살고 있다는 사실이 다행스럽다.
내 멋대로 짜증 부리고 후회하는 바보 같은 짓은
더 이상 하고 싶지 않다.

시누이가 둘씩이나

　　절친한 친구의 이야기다. 그녀에겐 오랫동안 사귄 남자
친구가 있다. 여러 해를 만난 데다 친구나 남자친구나 소위 어
르신들이 생각하는 결혼 적령기를 지나고 있어 결혼 이야기가
오가는 중이다. 하지만 오랜만에 만난 친구는 어쩐지 근심이
가득해 보였다. 아직 결혼에 대한 확신이 없는 건가 했더니, 돌
아온 말에 나는 깜짝 놀라고 말았다.

"남자친구한테 누나가 둘씩이나 있어."

아. 누나가 둘씩이나 있구나. 그렇구나…. 그날 친구의 얼굴을
보며 형제 관계가 결혼에 있어 얼마나 큰 고민거리가 될 수 있

는지 체감했다. 그 끔찍한 누나 중 하나인 나는 사실 이런 부분에 대해 깊이 생각해본 적이 없다. 그러고 보니 동생의 여자친구를 소개받은 기억이 잘 나지 않는다. 어쩌다 거리에서 마주쳐도 후다닥 도망치듯 숨어버리는 경우가 대부분이었다. 철저히 그들의 입장에서 생각해 보니 충분히 그러고도 남을 일이었다. 남편에게 누나가 하나도 아니고 둘씩이나 있었다면 나라도 겁부터 먹었을 것 같다.

올해 동생은 서른한 살이 됐다. 내일 결혼한다 해도 어색하지 않을 나이다. 현재 여자친구가 없다고 하지만 사실이 아닐지도 모르겠다. 다만 누나들의 존재를 드러내지 말라고 당부하고 싶다. 나조차 두려운 '둘씩이나 있는 시누이'에 대한 편견을 미리 갖게 할 필요는 없으니까. 나는 동생이 결혼하기 전이나 후나 있는 듯 없는 듯 살다 갈(?) 생각이다. 실제로 시누이는 둘이지만 무난하게 한 명 정도 있는 것처럼.

배그에서 싹튼 전우애

      동생이 군대에 복무한 동안 면회를 가장 자주 간 사람은 나와 남편이었다. 다른 가족보다 더 가까운 거리에 있기도 했고 남편과 동생이 상상 이상으로 죽이 잘 맞기도 했다. 그중에서도 잘 통하는 것은 담배와 PC방이었다. 친해지지 않을 수 없는 조합이었다. 혈연, 지연, 학연보다 강력한 게 흡연이라더니 둘은 짧은 시간에 급격히 가까워졌다. 물론 둘 사이에 있는 '잔소리 많이 하는 누나' '잔소리 많이 하는 와이프'라는 공통점도 한몫했겠지만.

동생은 서울로 휴가를 나올 때면 늘 우리 집에 머물렀다. 휴가 기간 대부분 동네 친구들과 PC방에 가거나 술을 마셨는데, 언제부턴가 남편도 그 모임에 자연스럽게 합류했다. 첫 계기는 역시나 온라인 게임 오버워치였다. 친구들과 PC방에 간다는 동생의 말에 내가 농담 삼아 같이 가보라고 했는데 그게 한 번, 두 번 이어지더니 휴가 때마다 매번 동행하는 것이 아닌가. 둘의 관계는 거기서 끝나지 않았다. 동생이 군대로 복귀한 후에도 모임은 계속됐다. 붙임성이 좋아도 너무 좋은 매형이 처남 없이도 처남 친구들과 어울리기 시작한 것이다. 동생은 하지 않는 배그 모임까지 새로 결성됐고 심지어 그 멤버들만 모인 단체 채팅방까지 생겼다.

처남 없는 채팅방은 오늘도 시끌시끌하다. 단체로 엄청난 전쟁터에라도 나가는 듯 비장하다. 전우가 따로 없다.

저마다의 비밀번호

누군가는 좋아하는 사람 생일로 한다던데
누군가는 처음 연애를 시작한 날로 한다던데
내가 쓰는 비밀번호 대부분은
내가 태어난 집의 동수와 호수에
내가 자란 집의 동수와 호수를 합친 숫자다.

꽤 신기한 조합 같지만
나와 오래된 친구 사이라면
내 통장을 터는 일은 식은 죽 먹기.

지각 인생의 종지부

       나는 지각을 밥 먹듯이 하는 학생이었다. 함께 등교하던 친구들은 아직도 질색하며 말한다. 너 기다리다가 나도 덩달아 지각했던 날을 셀 수도 없다고. 매일 아침 뜀박질을 하느라 하루에 써야 할 에너지를 모조리 아침 등교에 소진해 버리곤 했다. 준비물도 자주 잊어서 엄마가 교문 너머로 던져준 적도 많았다. 매일 매고 다니는 교복 리본도, 명찰도 내 손만 거치면 감쪽같이 사라졌다. 그걸 매일 찾아내느라 애먹는 사람은 엄마였다. 그야말로 전쟁이 따로 없었다.

첫 회사에서 인턴을 할 때까지도 나는 그 버릇을 고치지 못했다. 요즘은 원래 부지런했던 사람처럼 뻔뻔하게 살고 있지만 사실 철이 늦게 든 케이스다. 밤을 새우는 건 자신 있어도 아침 일찍 일어나는 건 번번이 실패했다. 오전 회의를 하느니 차라리 저녁에 회의하는 게 나았다. 그렇게 평생 올빼미족으로 살 줄 알았지만 '지각비' '인사고과' 같은 조건들이 붙기 시작하자 꾸역꾸역 오전 9시 출근을 사수하게 되었다. 알람을 못 들을까 봐 아예 밤을 지새우는 날도 있었다.

희소식이 들려왔다. 52시간 근무제가 도입되면서 회사 방침이 변경됐고, 출근 시간이 자유로워졌다. 8시에서 10시 사이에만 근무를 시작하면 상사의 눈치를 보거나 고과 걱정을 할 필요가 없었다. 퇴근 시간이 일정하지 않은 업계이니 가능한 일이었다. 지금껏 다닌 모든 회사가 출근 시간에 엄격했던 터라 이런 사이클에 바로 적응하지는 못했지만 어느새 내 몸은 여유를 찾게 되었다. 9시에서 9시 반, 어느덧 10시까지 출근 시간이 점점 미뤄지더니 아슬아슬하게 세이프 하는 날도 생겼다. 슬슬 옛날 버릇이 나오려는 그때, 내 마음을 졸이게 만드는 것이 있었다. 바로, 출근길에 꼭 지나쳐야 하는 시장 골목의 풍경이었다.

평소 집을 나서는 8시쯤엔 이미 시장 골목의 절반이 오픈 준비를 마친 상태였다. 집에서 가장 가까운 빵집은 언제 그 많은 샌드위치를 만들었는지 가게 앞에 수북이 진열을 해두었고, 건장

한 체격의 부자가 운영하는 정육점은 고기 손질을 하느라 분주했다. 조금 더 걸어가면 트럭에 한가득 실려 온 제철 과일을 보기 좋게 쌓고 있는 과일 가게가 보였다. 어느 날부터는 그림을 그리는 어르신도 매일 보이기 시작했다. 시장 한쪽에 자리를 잡고 누군가의 초상화를 정성껏 그려주었다. 꾸역꾸역 집을 나서 이제 겨우 하루를 시작한 나와는 달리 그들은 한창때였다. 시끌벅적한 소리를 듣고 나면 멍한 정신이 깨어나곤 했는데, 출근 시간이 점점 늦어지자 내가 보는 시장의 풍경도 달라졌다. 10시에 맞춰 아슬아슬하게 출근하는 날이면 괜히 작아지는 느낌도 들었다. 단 한 군데도 문을 열지 않은 가게가 없었다. 이 동네에 산 지 꽤 되었다 보니 안면을 튼 가게도 여럿 있는데 하나같이 비슷한 눈빛을 보내는 느낌이었다. '쟤 오늘 늦잠 잤나 보다' '쟤 오늘 지각하겠는데' 그런 눈빛 말이다. 도둑이 제 발 저리다고 하더니 내가 딱 그 꼴이었다. 부지런한 그들 앞에서 나는 점점 나태해지는 사람 같았다. 그건 지각비를 걷거나 인사고과에 반영하겠다는 회사 시스템보다도 효과가 좋았다. 늦는다고 한 소리를 하거나 눈치 주는 사람도 없는데 알람 없이도 일찍 눈이 떠졌다. 시장 사람들이 천막을 다 걷기 전에 나도 야심 차게 하루를 시작하겠노라고 시키지도 않은 결심을 했다.

엄마 말이 옳았다. 신혼집을 구했다는 말에 근처의 시장 이야기를 먼저 꺼냈다. 집 가까이에 시장이 있으면 그렇게 좋을 수 없다고, 시장만큼 열심히 사는 사람들만 모인 곳도 없을 거라며 좋은 기운을 나눠 받을 거라고 했다. 그 기운을 느낄 때마다 나도 저들처럼 부지런히 살아야지 싶다. 나의 20대만 보면 나태지옥에 가기 딱 좋은 삶이었으니 그걸 만회하려면 남은 날은 지각 인생으로 살지 않으리라 다짐한다.

집
사
7
년
차

고양이 없는 길로만 다니던 사람이
고양이 없인 못 사는 사람이 되기까지

이번 생에 내가 고양이와 함께 살게 될 줄은 몰랐다. 더군다나 이렇게나 말 잘 듣는 집사가 될 줄은 정말 몰랐다. 동물을 귀여워하는 편이지만 골목에 지나다니는 길고양이는 무섭게 느껴져 피했던 내가 집사라니.

어느 날 불쑥 내 삶에 나타난 고양이는 무서운 속도로 일상에 스며들었다. 세상에 그런 밀고 당기기는 처음이었다. 조금 다가왔다 싶어서 마음을 놓으면 어느새 저만치 멀어져 있었다. 고양이의 밀당에 내가 적응하는 방법은 두 가지였다. 내게 먼저 다가왔을 때 아쉬움 없이 듬뿍 사랑을 주는 것, 동물에게도 사생활이 있다는 사실을 받아들이는 것이다. 누군가는 이해하지 못할 수도 있다. 반려동물들이 모두 살갑고 다정할 거라 상상했다면 큰 오산이다. 살갑고 다정한 건 언제나 내 쪽이다. 나는 어느새 이런 관계에 너무 익숙해졌고, 그때그때 자신의 감정을 표현하는 고양이에게 흠뻑 빠졌다.

이제 고양이가 없는 생은 상상조차 할 수 없다. 할 수만 있다면 나의 반려묘, 하미를 처음 만난 순간을 최대한 앞당기고 싶다. 단언컨대, 고양이의 매력을 빨리 알게 될수록 더 오랫동안 행복할 수 있다.

그 집사에 그 고양이

    내가 7년째 모시고 있는 고양이의 이름은 하미다. 노란색과 파란색의 오드아이를 가진 터키시 앙고라 암컷이다. 둘이서 4년을 살았고 3년 전부터는 남편까지 새 집사로 들였다. 처음엔 서로 데면데면하더니 요즘은 나보다 더 죽고 못 사는 사이가 되었다. 하미와 친해진 남편은 종종 히죽거리며 말했다. 가만 보면 너랑 하미랑 똑 닮았다고. 너랑 사는 고양이인 거 누가 봐도 알겠다고.

동생의 고양이 이름은 '야미'다. 하미와 동갑내기고 러시안 블루 암컷이다. 야미를 잠시 탁묘하게 되면서 남편이 한 말을 조금 이해하게 됐다. 야미는 동생이 군대에 있는 2년 동안만 우리와 살게 되었는데, 회사에 다녀오면 발라당 배부터 보여주는 하미와 달리 매번 멀찌감치 거리를 두고 나를 쳐다봤다. 잠도 창가에서 가까운 의자나 바닥에 깔아둔 방석 위에서만 잤다. 야미를 좀 더 보고 싶어서 조심히 다가가면 화들짝 놀라 침대 밑에 숨는 일도 비일비재했다. 묘하게 무뚝뚝하고 까칠한 모습이 동생과 비슷했다. 하미는 질척거리는 내가 익숙하겠지만 야미는 동생과 같은 공간에 있으면서도 서로 독립적으로 지냈기 때문에 그 영향도 분명 있을 것이다. 초반에는 바뀐 환경 때문에 예민해져 낯을 가렸던 것일 수도 있다. 하지만 어느 정도 적응된 것 같았을 때도 야미는 멀찌감치 거리를 두는 고양이였다.

하미도 원래 애교가 많지는 않았다. 이쯤에서 하미와 함께 살게 된 속사정을 얘기하자면 7년 전으로 거슬러 올라가야 한다. 한창 고양이에 푹 빠져 있던 동생이 근처 분양 숍에서 야미와 하미를 데려왔는데, 건강한 야미에 비해 하미는 쓰다듬기에도 미안한 영양실조 상태였다. 어린 고양이 여럿을 동시에 키우는 탓에 제대로 케어하지 못한 듯했다. 엎친 데 덮친 격으로 생각지 못한 문제까지 발생했다. 비교적 체구가 큰 야미가 하미를 괴롭히기 시작했다. 의논 끝에 야미는 동생이, 하미는 내가 돌보기로 했다. 고양이를 무서워하던 때였지만, 달리 방도가 없었다.

하미는 발톱을 세우지 않는 날이 없을 정도로 나를 경계했다. 나는 그저 때맞춰 병원에 데려가고, 영양제를 먹이고, 조용히 하미 몫의 밥과 물을 채워주는 일밖에 할 수 없었다. 한동안 우리 둘은 그렇게 지냈다. 멀찌감치 지켜볼 뿐 다가가지도 안아주지도 못했다. 하루빨리 하미가 마음을 열어주길 바라는 마음에 온갖 재롱을 부려보기도 했다. 엎드려서 하미와 눈을 맞추며 웃어보기도 하고 눈을 깜빡여보기도 했지만 하미는 별다른 반응 없이 내내 한 자리만 지킬 뿐이었다.

석 달쯤 지났을까. 아침에 일어나 출근 준비를 하던 나는 늘 머물던 자리에 하미가 없음을 알았다. 한 자리를 떠난 적이 없던 터라 깜짝 놀라 침대 밑을 살펴보았다. 워낙 체구가 작은 탓에 옷 사이사이는 물론 서랍 하나까지 샅샅이 뒤져보았다. 점점 식은땀이 났다. 어젯밤 분리수거하러 가는 길에 탈출한 건 아닌지 눈앞이 깜깜했다. 그때 "야옹" 하고 조그만 소리가 들려왔다. 하미는 침대 머리맡에서 나를 물끄러미 바라보고 있었다. 그곳에서 잠을 잔 모양이었다. 그날이 시작이었다. 어느 날 불쑥 마음을 연 하미는 우리 집에서 가장 지독한 땡깡쟁이가 되었다.

"너도 땡깡 장난 아닌데 쟤가 너 하는 거 보고 배운 걸 거야."

아침부터 배가 고프다며 징징대는 하미를 보며 남편이 고개를
절레절레 저었다. 어디서 많이 본 모습 같기는 했다. 내가 꽁꽁
숨겨 두었던 간식을 꺼내자 하미 얼굴에 화색이 돌았다. 허겁
지겁 밥그릇을 비운 하미를 보며 나는 남편에게 신신당부했다.

"우리 집 여자들은 밥만 제때 주면 절대 성질 부리는 일 없어."

가죽성애묘와 파스성애묘

　　다른 집의 고양이들은 캣닢을 그렇게 좋아한다는데 우리 집 고양이들은 박스째로 갖다줘도 거들떠보지도 않는다. 대신 하미는 가죽 뜯기와 파스 찾기에 혈안이다. 가죽 소재로 된 가방을 좋아하는 내겐 치명타가 아닐 수 없다. 가방을 숨겨두는 걸 깜빡하고 잠든 날은 아침부터 참담한 풍경을 목격한다. 주저하지 않고 시원하게 긁어버린 스크래치를 가방 곳곳에서 발견할 수 있다. 그나마 한쪽 면만 공격해주면 감사한 일이다. 다른 쪽으로 들고 다니면 되니까. 이렇게 스크래치 있는 가방을 들고 다니는 데 점점 적응하고 있다.

이에 비하면 파스 찾기는 귀여운 수준이다. 캣닢 향이나 파스 향이나 비슷한 것 같은데 어깨나 허리에 파스를 붙이고 자는 날은 껌딱지가 따로 없다. 파스를 핥느라 밤새 내 곁에 꼭 붙어 있다. 퇴근하고 돌아오면 내가 자고 일어난 자리에 달라 붙어 킁킁거리며 파스 냄새를 맡고 있다. 이렇게 좋아할 정도면 매일 근육통을 달고 살아야 하나 싶다.

이제 가죽과 파스만 보면 집에 있는 두 녀석 생각부터 난다. 실컷 뜯을 가죽과 실컷 핥을 파스를 한쪽 벽에 가득 붙여주는 상상도 해본다. 그것만이 내 가방을 살리는 길일 테니.

내 동생의 사냥 능력

야미는 무척 독립적이다. 나와 함께 지내던 그때나 다시 동생과 사는 지금이나 본인이 내킬 때만 사람 곁에 쓱 다가왔다가 잠을 잘 땐 에어컨 위로 올라간다. 동생은 서로 사생활이 있어 좋다고 하지만 조금은 이해하기 힘들다. 고양이 곁에 찰싹 달라 붙어 있는 나 같은 집사에겐 있을 수 없는 일이기 때문이다.

하루는 동생에게서 연락이 왔다. 다소 격양된 목소리로 말했다. 자고 일어났더니 야미가 머리맡에 미역을 가져다 두었다는 것이다. 싱크대에 올려뒀다던 미역을 왜 굳이 방까지 물고 온 걸까 의아했다. SNS에서 '고양이의 보은'에 대한 글을 읽은 적이 있기에 나는 야미가 그렇게까지 매정한 고양이는 아니구나 싶었다. 동생도 나와 같은 생각이었지만 그건 우리 둘만의 착각이었다.

'고양이는 상대방이 사냥 능력이 없다고 판단되면 먹을 것을 가져다준다.'

책에 적힌 내용을 읽은 동생의 표정이 어두워졌다. 그랬다. 야미는 동생을 사냥 능력이 없는 사람으로 판단한 것이다. 저렇게 두었다가는 굶어 죽을 것 같으니 뭐라도 먹여야겠다 싶었던 것이다. 나는 웃음을 멈추지 못했다. 방학 내내 게임만 하는 동생을, 그래서 끼니도 종종 거르던 동생을 제대로 파악한 것이다.

그날 이후 남동생은 매일 아침 머리맡부터 확인한다. 음식이 없으면 안심하고 음식이 있으면 좌절한다. 동생은 평생 몰랐을 본인의 사냥 능력을 매일 평가 받고 있다.

혐묘인에게 대처하는 법

'고양이 울음소리가 너무 불쾌합니다. 곧바로 조치를 취하지 않으면 저도 가만히 있지 않겠습니다.'

노란 포스트잇에 적힌 글씨의 주인은 또래의 남자 같았다. 처음 쪽지를 발견한 것은 우리 엄마였다. 가족과 떨어져 혼자 서울에 사는 딸내미를 보러 온 엄마는 대문에 붙은 쪽지를 보고 근심이 가득해졌다. 공교롭게도 그 시기가 층간 소음으로 인한 칼부림 사건이 세상을 떠들썩하게 만든 때였다. 가만히 있지 않겠다는 말에 엄마는 끔찍한 상상의 나래를 펼쳤다. 아마 할 수 있는 것 중 가장 나쁘고 잔혹한 시나리오였을 것이다. 우리 집에 머무는 동안 엄마는 그 포스트잇에 대해 일절 말을 꺼내지 않았다. 나는 그 사실을 까맣게 모른 채 지냈고 내가 회사에 간 사이 엄마의 도주 계획이 실행됐다. 하미를 데리고 제주도로 떠나버린 것이다. 이제 엄마가 데리고 살겠다는 말만 덩그러니 남겨둔 채.

몇 년을 함께 지낸 하미가 없으니 당장 어떻게 잠들어야 할지 막막했다. 매일 켜고 자던 형광등과 TV도 하미가 온 후에는 겨우 끄고 자기 시작했는데, 나는 텅 빈 집을 감당하기 힘들었다. 대문을 열면 달려 나오던 하미가 하루 만에 사라져버려서 집에 들어가는 것조차 싫었다. 포스트잇을 붙여둔 사람은 누구일까 곰곰이 생각해봤다. 아무래도 옆집에 혼자 사는 남자인 것 같았다. 오며 가며 얼굴을 본 적이 있었다. 얼핏 덩치가 좋았던 것 같기도 했다. 엄마가 나까지 제주도로 끌고 내려가지 않은 게 다행이다 싶었다.

"고양이를 싫어하는 사람들도 있잖니. 그러니까 이해해야 해, 너도."

엄마의 말에 반박할 수 없었다. 길고양이만 봐도 소스라치게 놀라던 사람이 나였으니까. 아기 울음소리 같다며 무서워하던 사람도 나였다. 내가 이렇게까지 고양이를 좋아하게 될 줄 몰랐던 것처럼 쪽지 붙인 그 사람도 알아줬으면 했다. 고양이와 딱 이틀만 지내보면 애묘인이 될 수밖에 거라고, 가까이에서 보지 못해서일 뿐이라고 말이다.

하지만 얼마 지나지 않아 그 말을 하는 것조차 위험한 세상에 살고 있음을 깨달았다. 길고양이에게 사료를 주던 사람이 벽돌을 맞았다는 기사가 실렸다. 댓글 반응도 극명하게 나뉘었다. 애묘인과 혐묘인의 싸움이 벌어지고 있었다. 결혼하고 새로운 집으로 이사할 때까지 나는 입을 꾹 닫고 살았다. 고양이가 없는 삶은 이제 상상할 수 없겠구나 체감하면서.

이사하는 날, 제일 먼저 한 일은 집 가장 안쪽에 하미의 공간을 마련하는 것이었다. 모두에게 사랑받지는 못해도 적어도 미움받는 고양이로 만들지는 말아야지 다짐했다. 그게 내가 할 수 있는 최선의 일인 것 같았다.

집사라는 증거

고양이와의 아침은 하루하루가 전쟁이다. 결혼 전까지 따로 드레스룸이 없던 나는 방 한구석에 일명 '돌돌이'를 쌓아 놓고 살았다. 무채색의 옷이 월등히 많은 것도 한몫했다. 한껏 취해 퇴근하기라도 하면 다음 날 모든 옷이 회생 불가 상태가 되었다. 하미의 새하얀 털이 온갖 옷에 달라붙어 종일 그것만 떼어내느라 애를 먹어야 했다. 장모종도 아닌데 이 정도면 다른 집사들은 어떻게 관리하며 살까 궁금했다.

얼마 전, 한 집사분을 우연히 알게 됐다. 내 신경이 온통 고양이의 털에 가 있어서 그런지 그녀의 옷에 드문드문 붙은 갈색 털들이 눈에 띄었다. 나는 조심스러운 말투로 그 털이 신경 쓰이지 않는지 물었고, 의외의 대답이 돌아왔다.

"매일 떼어내도 이 정도예요. 어쩔 수 없더라고요. 안아주고, 같이 놀다 보면 떼어내는 게 별 의미 없어지니까. 집사라는 증거 같고 좋죠, 뭐."

그녀는 소매 끝에 붙은 털을 떼어내며 말했다. 집에 있는 고양이들이 또 보고 싶어졌는지 찍어둔 사진을 보여주었다. 지금 네 마리와 살고 있는데 임시로 보호 중인 아깽이(새끼 고양이)도 계속 함께 지낼지 고민이라고 했다. 그녀의 말을 듣고 보니 내 소매에 붙은 하미의 털이 그다지 신경 쓰이지 않았다. 누군가에게 피해를 주는 것도 아닌데 아무렴 괜찮을 것 같았다. 그녀와 얘기를 나눈 건 30분도 채 되지 않았지만 고양이를 사랑하는 마음은 충분히 알 수 있었다. 옷 끝에 붙은 몇 가닥의 털만으로도.

새삼스러운 사실

고양이와 함께 살기 전까지
우리 집에 이렇게 많은 틈새가 있는 줄 몰랐고
우리 집에 이렇게 많은 먼지가 있는 줄 몰랐다.

자연스레 나는 부지런히 집을 청소하는 사람이 되었고
엄마가 평생 못한 일을 고양이가 해냈다.

하미와 함께 살게 된 후, 도둑고양이라는 말이 싫어졌다.
'도둑'이라는 단어를 붙이기엔 지나치게 사랑스럽지 않은가.

집사 버릇 남 못 준다

- 고양이의 가출을 방지하기 위해 나갈 때마다
  현관문을 수십 번 흔들어 제대로 잠겼는지 확인한다.
- 집안 곳곳에 고양이의 털이 묻지 않도록
  모든 방의 문은 꼭 닫고 다닌다.
- 틈 사이에 고양이가 들어가 있을지도 모르니
  무릎을 꿇은 채 가구 사이사이를 살펴본다.
- 고양이들이 놀랄 수 있으니 앉거나 누울 때
  꼭 주변을 확인한다.

7년쯤 되니 집 밖에서도 이런 행동을 한다.
뼛속까지 집사라는 사실을 깨닫는다.
이따금 내가 낯선 곳에서 이상 행동을 보이는 것은
전부 고양이 때문이니 오해하지 마시길.

세계 제일의 오지라퍼

"10분 뒤에 너희 집 주차장에 도착해. 몇 호인지 알려주면 올라갈게."

나와 남편은 친한 동생이 사는 동네로 가는 길이었다. 이미 자정이 넘은 시간이었다. 조수석에 앉은 나는 품에 안겨 있는 아깽이에게 온 신경이 쏠려 있었다.

주차된 차의 아래에서 끙끙 앓고 있던 이 아깽이를 남편의 회사 후배가 가까스로 구조했다. 후배는 이미 고양이 네 마리와 함께 살고 있어서 임시 보호처 역할은 할 수 있어도 입양하기엔 상황이 여의치 않았다. 그때까지만 해도 나는 '구조'와 '임보처'에 대해 자세히 알지 못했다. 자주 접속하는 온라인 고양이 카페를 통해 몇 가지 사연을 읽어봤다. 도움이 필요한 고양이를 구하는 일이 '구조'면, 임시로 그 고양이를 보살펴주는 가정을 '임보처'라고 했다. 입양을 기다리는 고양이들이 생각보다 훨씬 많았다. 후배가 구조한 고양이도 마찬가지였다.

"치료나 접종은 마쳤는데 아직 입양처를 구하지 못했나 봐. 어쩌지? 주변에 입양할 사람 없을까?"

남편의 말에 처음 떠오른 사람은 대학교 때 활동했던 동아리 동생이었다. 대학 시절부터 내내 혼자 살고 있는 동생은 종종 우리 집에 놀러와 함께 밥을 먹곤 했는데 그때마다 하미에게서 눈을 떼지 못했다. 나를 만날 때면 꼭 하미의 안부를 물었다. 지나가면서 보는 길고양이들에게도 어찌나 다정한지, 고양이와 같이 살 법도 한데 그러지 않아 의아한 상태였다. 나는 조심스레 입양 의사를 물었고 그녀는 일주일을 고민한 끝에 나에게 전화를 했다.

"언니, 어떤 것부터 준비하면 될까요? 아무것도 몰라서 걱정이에요."

나는 퇴근하고 돌아오자마자 집에 있는 사료와 모래를 하나하
나 담았다. 하미가 어릴 적에 갖고 놀던 장난감도 잊지 않았다.
곧바로 남편과 함께 아깽이가 있는 회사 후배의 집으로 향했
다. 후배의 아파트에 도착하자 곧 고양이를 데리고 나왔다. 한
손에는 케이지를, 한 손에는 장난감을 들고 나왔다.

"얘가 좋아하는 장난감이에요. 또 낯선 환경에 가면 스트레스
받을 수도 있으니까 이거라도 챙겨주고 싶어서요. 잘 부탁드
려요."

그 후배와 사는 고양이들도 과거엔 유기묘였다는 말을 들은 적
이 있다. 장난감까지 세심하게 챙겨 나온 모습에 다시금 따뜻
한 사람이란 생각이 들었다. 그새 정이 들었는지 금방이라도
눈물을 쏟을 것 같은 표정이었다. 나도 막중한 책임감이 느껴
졌다. 잔뜩 웅크리고 있는 아깽이가 앞으로는 세상의 따뜻함
만 알고 자라나길 바랐다.

"한참 고민했는데 복진이라고 부르기로 했어요. 복 많은 수진
이의 고양이!"

그로부터 3년이 지난 지금, 복 많은 집사와 커다란 눈망울이 매력적인 복진이는 세상에 둘도 없는 룸메이트가 되었다. 복진이가 아침에 잠이 없는 탓에 동생은 반강제적으로 아침형 인간이 되었지만, 둘의 동거는 무척이나 행복해 보인다. 못 본 사이 성큼 자라 있는 복진이를 볼 때마다 유기묘에 대한 내 오지랖도 무럭무럭 자라난다. 고양이를 분양받을 생각도, 입양해올 생각도 없던 내가 어느 날 하미를 만났고 유기된 고양이들에게도 관심을 갖게 되었다. 어쩌면 '사지 마세요, 입양하세요'라는 말을 비로소 이해하게 된 건지도 모르겠다.

너의 40대

하미와 나는 똑같이 주어진 생을 다른 속도로 살고 있다.
성묘가 된 고양이의 1년은 사람의 5~7년이나 다름없다.
가만히 하미의 나이를 세어보니 어느덧 40대에 접어들었다.
이젠 나보다 더 빠르게 나이를 먹는 하미를 알아차릴 때면
심장이 덜컹 내려앉는다.
나의 40대를 어떻게 보낼지 생각하는 것보다
하미의 40대를 어떻게 채워줄지 더 고민한다.

나이 든 집사의 사정

최근 내 가슴을 미어지게 만든 글이 있다. SNS에 올라온 어느 나이 든 집사의 글이었다. 평생 여러 마리의 반려묘와 살았다는 그는 한순간도 고양이 없는 삶을 상상해본 적이 없다고 했다. 하지만 지금 함께 사는 고양이가 무지개다리를 건넌 후엔 더는 고양이를 입양하지 않을 거라고 했다. 이 나이에 고양이를 들이면 내가 먼저 세상을 떠날 게 분명하다고, 끝까지 돌보지 못할 거라면 시작도 하지 않겠다고 했다. 같이 살지 않기로 결정한 이유조차 고양이를 생각하는 마음에서 비롯된 것이었다.

그날은 평소보다 더 오래 하미를 안아주었다. 내가 하미보다 늦게 세상을 떠날 수 있다는 사실이 다행스러웠다.

영광스러운 상처

    상처가 나면 빨리 아물지 못하고 흉이 잘 남는 피부다. 어릴 때 어딘가에 이마를 콩 박은 적이 있는데 그 자국이 아직도 흐릿하게 남아 있고 대학교 때 칼질하다가 생긴 상처는 여전히 손끝에 자리하고 있다. 남들은 큰 고민 없이 받는 작은 시술조차 꺼리는 것도 그 때문이다. 어디든 흉이 생길까 조심조심 살았다.

그런 내 손에 유일한 흉터를 남긴 건 다름 아닌 하미였다. 놀 때도 발톱을 자주 세우는 터라 손, 팔, 다리 구분할 것 없이 내가 피를 보는 경우가 허다했다. 상처가 흉터로 남지 않는다는 밴드는 모조리 사들였지만 소용없었다. 신나게 놀다 보니 결국 하미가 내 손에 작은 흉터를 남기게 되었지만 금세 잊었다. 신기하게도 크게 신경 쓰지 않았다.

그렇게 흉터에 무뎌질 무렵, 하미를 데리고 동물병원에 간 어느 날, 선생님의 손을 보고 놀란 적이 있다. 여기저기 꽤 큰 흉터들이 자리하고 있었는데 그날 하미를 진료하시다가 또 상처가 나고 말았다. 죄송해서 어쩔 줄 모르는 내게 선생님이 씩 웃으며 말했다.

"아이들 돌보다가 생긴 상처는 영광의 상처죠."

이젠 그 마음이 뭔지 알 것 같다. 작은 상처에도 신경 쓰던 내가 이토록 무뎌진 이유는 물리적인 상처보다 고양이로 인해 치유되는 것들이 훨씬 더 많아서일 것이다.

소확행

함께 산 세월이 길어질수록 고양이에게 바라는 게 줄어든다. 퇴근하고 온 내게 달려와 안겨줬으면 하던 바람은 퇴근하고 오면 그냥 쳐다봐주기라도 했으면 하는 마음이 되고, 아침마다 꾹꾹이(앞발을 안마하듯 지그시 눌러주는 행동. 고양이의 대표적인 애정 표현)로 깨워줬으면 하던 바람은 아침에 함께 눈이라도 떠줬으면 하는 마음이 된다. 사람이 집 밖으로 나가든 들어오든 한결같이 침대에 널브러져 있는 고양이에게 너무 많은 것을 바라선 안 된다는 걸 이제는 안다.

하미가 퇴근 시간에 맞춰 신발장까지 마중 나오기 시작한 것은 같이 산 지 3년이 지난 시점이었다. 아마도 내가 엘리베이터에서 내리는 순간부터 뛰어나온 걸 텐데 그런 수고로움을 감수해주다니 감격스러울 지경이었다.

그런데 감동도 잠시, 그 이유를 추측해볼 만한 글을 읽었다. 고양이가 주인을 마중 나오는 건 오늘 사냥에 성공했는지 아닌지 확인하기 위함이라고, 빈손으로 들어가면 한심하게 본다는 것이었다. 모든 고양이가 그러는지는 알 길이 없지만 그날 이후 빈손으로 들어가는 게 괜히 눈치 보이기 시작했다. 무능한 집사가 되고 싶지 않아 일부러 간식을 사서 들어가기도 했다. 몇 달을 먹고도 남을 것들이 한가득 쌓여 있는데도.

다행히 빈손이든 아니든 하미는 매일 마중 나온다. 항상 보는 모습이지만 매번 기쁘다. 소확행이란 바로 이런 걸 말하는 건가 보다. 점점 더 많은 것을 바라게 되는 내게 소소하지만 확실한 행복의 의미를 깨닫게 해주는 건 고양이뿐인 것 같다.

선순환

회사 업무량이 늘어나면
누군가의 책상 위엔 간식이 늘어나고
누군가의 자리엔 택배 박스가 쌓인다.
누군가는 운동 강도를 높이고
누군가는 술자리를 늘린다.

나는 고양이를 보는 시간이 길어진다.
안고 있는 시간도 길어진다.
한시라도 빨리 보고 싶어 집으로 직행한다.
그러고 나면 또 기운 내서 하루를 산다.

이렇게 좋은 선순환이 또 있을까 싶다.

기승전 자기합리화

집사가 된 후 하루에 나오는 쓰레기의 양이 늘었다. 고양이 화장실로 쓰는 모래만 해도 쓰레기봉투의 절반 이상을 차지한다. 물에 잘 녹는 모래도 많이 있지만 아껑이 때부터 써 온 익숙한 모래를 하루아침에 바꾸는 건 쉽지 않다. 혼자 들기엔 버거운 봉투를 질질 끌고 가다 보면 내가 고양이를 데리고 사는 건지 모시고 사는 건지 한탄하지만 그것보다 더한 일도 한다. 거실 한쪽에는 점점 높아져 가는 박스 탑이 있다. 우리 집 고양이가 아쉬워 하실까 봐 택배 박스 하나 마음대로 버리지 못하기 때문에.

가끔은 물건 때문에 박스를 쓰는지 박스 때문에 물건을 쓰는지 헷갈린다. 택배를 하미가 기다리는 건지 내가 기다리는 건지 알 수 없다. 택배 박스를 들고 귀가하는 날에는 꼬리의 움직임부터 다르다. 빨리 박스 안에 숨고 싶다는 욕망이 온몸 가득 뿜어져 나온다. 아니나 다를까 내가 물건을 꺼내자마자 기다렸다는 듯 박스에 뛰어든다. 한 번 들어가면 여간해서는 아무리 불러도 나오지 않는다. 종이 박스가 왜 그리 좋은 걸까? 무슨 재미가 있는 건지 하루가 지나고 일주일이 지나도 마치 처음 해보는 놀이처럼 그 안에 들어갔다 나왔다 수없이 반복한다. 돈 내고 산 장난감은 쳐다봐 주지도 않으면서.

퇴근길에 온라인에서 몇 가지 생필품을 주문했다. 이 정도면 꽤 큰 박스가 도착하리라. 집으로 돌아와 입구 한쪽에 쌓인 박스를 바라봤다. 나는 분리수거를 미루고 있는 게 아니다, 고양이를 위해 보관하고 있을 뿐이다, 스스로 주문을 걸어본다.

무심한 게 아니라

강아지와 사는 사람들은 갸우뚱할 수도 있다. 고양이는 왜 밖에 있다가 들어온 집사를 반겨주지 않는지, 또 어떤 집사들은 귀가해서도 굳이 고양이를 찾지 않는지. 어느 날은 현관까지 나오고, 어느 날은 잠들기 전까지 얼굴 한 번 비추지 않는 고양이에게 나도 서운함을 느낀 적이 있다. 아무리 이름을 불러도 나오지 않는 이유가 뭘까 고민해본 적도 있다. 정확한 이유는 평생 알 수 없겠지만 7년 차 집사 경험에 빗대어 짐작해본다. 그냥 나오기 싫어서라는 걸.

언제부터인가 고양이가 내 시야에서 벗어나더라도 애써서 찾지 않게 되었다. 자신에게 가장 편한 곳을 찾아 머물고 있을 거란 확신이 있기 때문이다. 집 어딘가에서 잘 보내고 있을 고양이의 시간을 방해하고 싶지 않다. 어쩌다 이런 독특한(?) 배려심을 갖게 되었는지 나조차도 알 수 없다. 동생이 말했던 '고양이와의 사생활 존중'이 이런 거였나 보다.

어찌 됐든 보이지 않는 곳에서도 나는 엄청난 애정을 쏟고 있다. 절대 무심해서가 아니다.

발바닥에 숨겨진 핑크빛 젤리가 얼마나 앙증맞은지,
창밖을 바라보는 뒤통수가 얼마나 사랑스러운지,
휘휘 저어대는 앞발이 얼마나 귀여운지,
집사가 되어보지 않고서는 평생 알 수 없는 것들이 있다.

동그란 뒤통수

누워 있기 좋아하는 하미와 나는 자주 비슷한 자세로 침대 위에 누워 있다. 하미도 이 생활에 익숙해졌는지 내가 혼자 침대에 있으면 슬그머니 옆에 다가와 발라당 눕는다. 그런 하미의 머리를 한두 번 쓰다듬다 보면 신기한 광경을 마주하게 된다. 내가 하미의 머리끝부터 목까지 스윽 쓰다듬고, 다시 머리끝으로 손을 옮길 때 그 타이밍에 맞춰 하미는 귀를 납작하게 뒤로 넘긴다. 내 손이 귀에 걸리지 않도록 납작하게, 더 납작하게 넘기는 것이다.

그렇게 동글동글해진 하미 머리를 계속 쓰다듬다 보면 하루가 어떻게 가는지 모르겠다. 질색팔색하는 배만 만지지 않는다면 고양이만큼 순한 동물도 없다. 그래도 한 번씩 만져보고 싶은 내 마음도 어쩔 수 없다.

무지개다리

어떤 일이든 사서 걱정하지 않는 남편도 한 가지 일에 있어선 예외다. 하미가 언젠가 무지개다리를 건너면 어쩌나 하는 것. 나는 하미가 우리 집에 온 날부터 종종, 아니 꽤 자주 그 머나먼 순간을 상상한다. 어느 날은 하미가 너무 예뻐서, 어느 날은 하미가 너무 까칠해서, 어느 날은 하미가 너무 다정해서 슬퍼진다. 기뻐야 할 순간에도 눈물이 날 것 같다. '무지개다리'를 늘 염두에 두고 있기 때문일 것이다. 매일 같이 잠들고 같이 일어나는 존재가 어느 날 갑자기 사라진다고 생각하면 나는 어떻게 해야 할지 벌써부터 막막하다.

얼마 전 친구의 반려견이 무지개다리를 건넜다. 친구 집에 갈 때마다 놀아주었던 기억이 있어 내 심장도 쿵 내려 앉는 것만 같았다. 친구의 어머님은 오랜 고민 끝에 더는 동물을 들이지 않기로 결정하셨다고 했다. 동물을 사랑하지만 그래서 가까이 두기에 더 신중해지고 어려워지는 마음. 하미와의 묘연猫緣으로 인해 나도 그 마음을 너무나 잘 알게 되었다.

두 마리 고양이와 함께 사는 웹툰 작가 스노우캣의 『옹동스』를 보면 이런 말이 나온다. 반려인이 세상을 떠나면 생전 함께 살던 반려동물이 마중을 나온다고. 그때가 되면 작가는 '넌 나를 어떻게 생각했어?'라고 묻고 싶다고 한다. 그에 비해 내가 바라는 건 무척 소박하다. 지금처럼 내 시야가 닿는 어딘가에 오래도록 머물러 주길. 그 모습을 다시 볼 수만 있다면 나는 더 바랄 게 없을 것 같다.

역마살과의 작별

    독립 후 이사를 여러 번 했다. 이사할 때마다 짐도 부지런히 늘어났다. 식구가 늘어난 것도 아닌데 대체 왜 이럴까 생각해보면 잘 버리지 못하는 내 습관이 원인이었다. 짐을 쌀 때도, 정리할 때도 필요 이상의 에너지를 소모해야 했다. 이사하는 건 너무 싫지만 그보다 더 힘들었을 쪽은 하미일 것이다. 고양이는 새로운 환경에 적응하는 데 스트레스를 많이 받는 동물이다. 자신이 파악한 영역 안에 있어야 안심하는 고양이를, 적응할 만하면 새로운 환경에 던져놨으니 미안한 마음뿐이다. 이사할 때마다 하미는 하지 않던 행동을 하기도 했다. 단 한 번도 화장실 밖에 실수한 적이 없는데, 단 한 번도 식사를 거른 적이 없는데 한동안 책 위에 볼일을 보기도 했고 그 좋던 먹성이 잠시 사라지기도 했다. 나도 나름의 이유로 이사를 했지만 그때를 생각하면 죄인이 된다.

다행히 새로운 환경에 적응하면 본래의 모습으로 돌아왔다. 지금 집은 하미가 좋아하는 공간이 유난히 많다. 베란다 앞, 책상 꼭대기, 그늘진 식탁 아래에서 하미는 늘 편안한 자세로 휴식을 취하곤 한다. 그때마다 나는 다짐한다. 지금 살고 있는 이집을 떠나는 일은 없게 해야겠다고. 점을 보러 가면 10명 중 9명은 내가 역마살이 낀 사주라고 하지만 사는 곳만큼은 한 곳이길 바란다. 나는 고양이 비위 맞추는 데 도가 튼 집사니까.

불러도 오지 않는 고양이에게 더는 상처받지 않는다.
부르지 않아도 달려오는 강아지들이
가끔 부담스럽게 느껴지는 걸 보면
뼛속까지 집사가 다 됐구나 싶다.

사람 보는 눈

고양이와 살기 전엔
낯선 사람을 대하는 행동이나
아이를 바라보는 눈빛 같은 것들로
그 사람의 됨됨이를 짐작했는데
이젠 모든 기준이 고양이가 된다.

고양이 성질을 다 받아주는 사람이라면
분명 심성 고운 사람일 거야.
고양이를 한결같이 예뻐하는 사람이라면
분명 참을성 많은 사람일 거야.

효녀냥

매달 고양이에게 드는 비용이 적지 않다. 사료, 모래, 간식값은 늘 고정적으로 나간다. 사고 싶은 건 점점 늘어나지만 그럴수록 고민도 깊어진다. 하미의 별난 취향 때문이다.

한번은 큰맘 먹고 캣타워를 산 적이 있다. 마음 같아선 가장 비싸고 고급스러운 걸 사주고 싶었지만 비용이 만만치 않았다. 당시 나는 한 달에 100만 원밖에 못 버는 인턴이었다. 결국 가성비 좋은 캣타워를 주문했다. 포장지를 뜯는 내내 하미가 관심을 보여 안심했는데 막상 다 꺼내고 보니 캣타워가 들어 있던 박스에만 뜨거운 관심을 보였다. 캣타워는 한두 번 냄새만 맡은 게 전부, 그 이후론 쳐다보지도 않았다.

캣타워를 싫어하는 건가 싶어 다른 장난감도 사봤다. 고양이라면 눈 돌아갈 수밖에 없다는 장난감들만 선별해 봐도 결과는 마찬가지였다. 갖고 노는가 싶으면 쪼르르 구석으로 달아나 관심 없다는 듯 드러누웠다. 구석에 처박힌 장난감은 일주일이 지나고 한 달이 지나도 같은 자리에서 먼지만 뽀얗게 쌓였다. 만약 하미가 가장 좋아하는 장난감이 무엇인지 묻는다면 나는 조금 망설여진다. 말하기엔 어딘가 모양 빠지는 택배 박스와 병뚜껑, 비닐봉지가 그것이다. 거금 들여 산 장난감은 쳐다보지도 않더니 겨우 저런 걸? 죄다 내가 산 것에 공짜로 딸려 오는 것들이다. 그런데도 좋다고 종일 가지고 논다. 따로 숨겨 두지 않는다면 평생 갖고 놀 기세다. 나 없이도 잘 노는 모습을 가만히 보고 있자면 까다롭기 소문난 고양이 중에 이런 효녀가 또 있을까 싶다.

그럴싸한 핑계

"우리 해외에서 한 달 살기 해볼까?"

남편과 함께 저녁을 먹던 그 날, 나는 꿈 같은 상상에 흠뻑 빠져 있었다. 점심에 동료에게 전해 들은 이야기가 너무 낭만적이었기 때문이다. 회사를 그만두고 해외에서 사는 동료의 지인이 한국에 있을 때보다 훨씬 만족스럽게 살고 있다는 내용이었다. 순간 나는 혹하고 말았다. 지금도 늦은 건지도 모른다! 체력 좋을 때 해봐야만 한다! 나는 남편이 긍정적인 답변을 할 거라 기대했다. 연애 시절, 쿠바에서 살고 싶다고 노래 부르던 사람이었으니까. 살짝 염려되는 부분도 있긴 했다. 남편은 결혼하고부터 부쩍 해외여행을 힘들어했다. 큰 키 때문에 장거리 비행이 힘들다는 둥, 이틀만 지나면 신라면이 생각난다는 둥, 우리 집 침대가 아니면 잠이 잘 안 온다는 둥 이유가 점점 더 늘어났다. 온종일 3만 보 걷기를 실천하려는 나 때문인지도 모른다. 아무튼 또 그런 이유를 늘어놓을 거라면 완벽히 설득시킬 자신이 있었는데 예상치 못한 답이 돌아왔다.

"안 돼. 하미는 어쩌고? 데려가도 문제고 안 데려가도 문제야. 하미에게 그런 모험을 시킬 순 없어."

언제부터 고양이를 먼저 생각하고 배려하는 애묘인이 된 건지. 남편은 꽤 단호한 표정을 지었고, 나는 말을 더 이어갈 수 없었다. 일리가 있었다. 바뀐 환경에서 스트레스 받을 하미를 생각하면 주저없이 마음을 접는 게 맞을지도 모른다. 내가 완전히 설득당한 걸 보니, 해외여행이 꺼려지는 남편에게 꽤 강력한 핑계가 생긴 것 같다. 매번 내가 껌뻑 죽을 수밖에 없는 것으로.

인생은 고양이처럼

기분 좋으면 쏙 품에 안기는 고양이처럼
기분 상하면 콱 물어 버리는 고양이처럼
그렇게, 매일 친절하지 않아도
넘치게 사랑받는 고양이처럼

살고 싶은 대로 살면서
누리고 싶은 거 다 누리면서
그렇게 한 번 살아보고 싶다.

그중에서도 가장 부러운 건,
인생의 대부분이
자고 있거나 졸고 있거나
둘 중 하나라는 것.

...인성에 문제는 없습니다만

어쩌다 보니 사중인격

초판 1쇄 인쇄 2019년 4월 18일
초판 1쇄 발행 2019년 5월 2일

지은이   손수현
펴낸이   이준경
편집장   이찬희
편집팀장   이승희
편집   이가람, 김아영
디자인부장   강혜정
디자인팀장   정미정
디자인   정명희
마케팅   이준경
펴낸곳   지콜론북

출판 등록   2011년 1월 6일 제406-2011-000003호
주소   경기도 파주시 문발로 242 파주출판도시 (주)영진미디어
전화   031-955-4955
팩스   031-955-4959

홈페이지   www.gcolon.co.kr
트위터   @g_colon
페이스북   /gcolonbook
인스타그램   @g_colonbook
ISBN   978-89-98656-83-6 03810
값   14,000원

이 도서의 국립중앙도서관 출판시도서목록 (CIP)은 서지정보유통지원시스템 홈페이지 (http://seoji.nl.go.kr)와
국가자료공동목록시스템 (http://www.nl.go.kr/kolisnet)에서 이용하실 수 있습니다. (CIP제어번호 : CIP2019014809)

g지콜론북은 예술과 문화, 일상의 소통을 꿈꾸는 (주)영진미디어의 문화예술서 브랜드입니다.